29.2.20

judith arlt

friedas gangarten

Für Yvonne
Ganz herzlich!
Frieda

Judith Arlt

CLAUDIA WARTMANN NATÜRLICH

Lektorat:
Barbara Handwerker Küchenhoff, Oetwil am See

Umschlagfotos:
Philippe Wyss, Menznau

Umschlaggestaltung, Layout und Satz:
Grafik Nicole Wüest-Chappuis, Willisau

Druck:
CPI buchbuecher.de GmbH, Birkach

ISBN 978-3-9524346-5-9

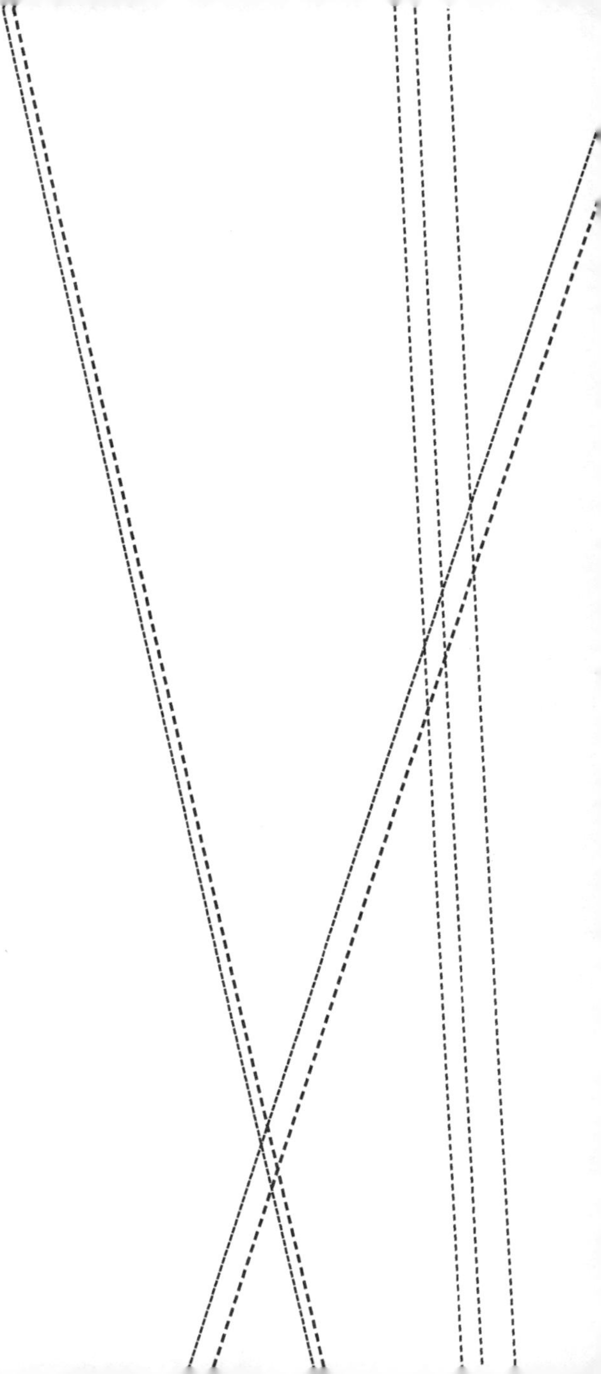

Das Sankt Crispin* steht immer noch an der Strasse. Benannt nach den Schuhmacherheiligen, bewohnt von einer Schuhmacherin. Umgeben von Neubauten, wirkt es schmächtig, verletzlich. Die Metzgerei, in der Toni** bis zum letzten Tag seines Lebens eingekauft hatte, ist einem mehrstöckigen Wohn- und Bürokomplex gewichen. Das Schlachthausareal ist noch nicht wieder bebaut. Du siehst ins Grüne, wenn du an der Hardo Caravelle Absätze schleifst. Der Durchgangsverkehr hat zugenommen. Schwere Lastwagen donnern unentwegt ins Entlebuch. Die Strasse ist nicht breiter geworden, nur gefährlicher. Kantonale Lärmschutzsachverständige prüften im ganzen Dorf, welche Zimmer Schallschutzfenster brauchen. Deine Werkstatt nicht, aber die Küche, die Stube und alle Schlafräume. Die ständigen Erschütterungen hingegen muss das Schuhmacherhaus ungeschützt aushalten.

* Namen der Häuser siehe S. 124 ** Namen der Personen siehe S. 116

Das Haus gehört nun den Schuhen. Kokett stehen sie im Schaufenster auf Granit, locken einzeln oder paarweise von den Glasablagen, balgen auf den Drehständern vor der Ladentür. Dahinter, im Verkaufsraum, in der Werkstatt, im Treppenhaus, auf jeder Treppenstufe nach unten oder oben, in den Lagerkellern und in den Wohnräumen, geht es gesittet zu und her. Alle deine Bequemschuhe sind in Schachteln staubfrei aufgestapelt. Grösse, Weite, Farbe, Preis, Geschlecht und Jahreszeit lesen wir, du und dein Aushilfspersonal, vom Papieretikett an der Stirnseite ab. Der Totalausverkauf hat gestern begonnen. In allen Zimmern, in denen früher geschlafen, geschwatzt, gegessen, gelacht, geweint wurde, warten jetzt Schuhe mit Überraschungen auf. Atmungsaktive Fussschmeichler. Bunte Blumenmuster. Zweisprachige Laufsohlen.

Du bist die Letzte. Die Letzte, die in der Werkstatt noch hämmert, klebt, presst und nach Feierabend müde in der Küche sitzt. Die Letzte, die Füsse lesen kann wie andere Bücher. Du weisst genau, warum der Schuh drückt und wo. Eine war immer die Letzte. Meist eine der Mütter, Rosa, Frieda oder Luzia, Ruth, Martha, Margaritha, Brigitte. Eine trat immer als letzte durch die Tür auf den Vorplatz, wo alle anderen warteten. Die immer grösser werdende Familie. Auf dem Weg in die Kirche, ins Lamm oder auf den Menzberg.
Nun bestreitest du allein die letzten Tage der Fölmlis. Bedienst Kunden, zählst Schuhe, räumst das Lager im Schuhhaus von oben nach unten.

Die letzten Tage der Fölmlis bedeuten die letzten Tage des Schuhhandwerks im Luzerner Hinterland. Die Fölmlis sind Menznauer Schuhmacher und «Die Fölmlis» ist der Titel ihrer einhundertjährigen Erfolgsgeschichte. Eine romanhafte Familiensaga wie die «Buddenbrooks», aber ohne Untergang und ohne Thomas. Nur Judith und drei Generationen: Anton der Erste, Anton der Zweite oder Toni, und Frieda.

Du bist Frieda, meine Schuhfrau – die erste Schuhmacherin im Napfbergland, nach Mutterfrieda die zweite Frieda im Schuhhaus und nach den beiden Antons die dritte Generation in der Werkstatt. Ich bin Judith, deine Wortfrau. Zusammen schreiten wir nun das zweite Jahrhundert der Fölmlis ab. Es ist natürlich kürzer als das erste, denn du hast die Gangart verändert.

«Va bene» ist sprachliches Allgemeingut. Mit oder ohne Fragezeichen. Gross- oder kleingeschrieben. Eigentlich italienisch, aber überall verständlich. *Goht's guet? S'goht guet!* Das Chamer Schuhatelier VA BENE, eine deiner Lieferfirmen, stellte Schuhe in Handarbeit her, konnte aber den Firmennamen so nicht schützen lassen. Auch nicht in der Einwortvariante. Also bettete die Werbeabteilung ein zusätzliches «e» ein, das weder den Klang noch das Glück verdarb. Die Firmenfarbe wechselte von graublau auf pink. Vabeene-Schuhschachteln stachen fortan ins Auge.
Trotzdem musste die Manufaktur eines Tages die Produktion einstellen. Im Menznauer Schuhhaus belegen Vabeene-Outletpaare ein eigenes Zimmer. Die Nachfrage ist gross, Bestellungen kommen von überall her. Den Lagerbestand aktualisierst du täglich nach Ladenschluss auf deiner Website.

Ob ich eine Schuhsohle vermisse, fragt Helmi per WhatsApp. Heute ist Samstag, mein Packtag. Ich laufe auf Strümpfen durch das Haus. Morgen verreise ich.

Meine Schuhe stehen aufgereiht im Flur. Befreit vom Schafskot der letzten Spaziergänge. Gebürstet, gefettet, noch matt. Sie warten darauf, poliert zu werden.

Eine Schuhsohle? Schreibe ich kurzatmig zurück.

Sie habe eine im Auto gefunden, kommt die Antwort postwendend.

Im Auto???

Meine Schuhe sind intakt, die Füsse sauber. Eine Schuhsohle geht nicht unbemerkt fremd. Wir hatten Sturm und Starkregen. Eine Schuhsohle ist kein Regenschirm, der, kaum hört der Niederschlag auf, im Zug zurückgelassen wird.

Ja, auf der Beifahrerseite. Wir waren doch kürzlich zusammen bei Windstärke zwölf am Deich.

Anton der Zweite wartete den Neunzigsten von Frieda der Ersten ab. Dann ging er am Donnerstagabend früher als alle anderen schlafen. Ihre Eiserne Hochzeit hatten sie zwei Jahre zuvor gefeiert, seinen Neunzigsten auch.
Am Vormittag war er noch bei den Nachbarn gewesen, hatte Kalbsleber fürs Mittagessen geholt und an der Theke das halbe Dorf getroffen, der Verkäuferin wie immer seinen Geldbeutel gereicht, sie solle bitte herausnehmen, was sie brauche, er könne Münzen und *Nötli* nicht mehr unterscheiden.
Während Friedamutter oben Kartoffeln schälte und du im Laden eine Kundin bedientest, fegte er unten alle Keller aus: den Heizungskeller, den Waschküchenkeller, den Gemüse-, Obst-, Kühltruhen-, Einmachgläser- und Weinkeller, den Lederkeller sowie den Schuhlagerkeller.

Zufrieden sehe er aus, berichtest du mir ans Wattenmeer. Ich neige mein Haupt und schweige. Beide Friedas, die Erste und die Zweite, Witwe und Tochter, verbringen die Nacht an seinem Bett. Darin hat er, seit das Sankt Crispin steht, geschlafen und Kraft gesammelt für jeden nächsten Tag. Am letzten Morgen wird er in den Sarg gebettet, umrankt von rechtswindendem Hopfen und der Fetten Henne aus dem Garten. Mutterfrieda fädelt den Rosenkranz um die kalten Hände und du legst «Die Fölmlis» auf das Kissen. Ruhe wohl! Der Schuhmacher darf noch den ganzen Tag in seinem Schlafzimmer liegen. Schlimm, schreibst du, der Moment, als der Sarg geschlossen und aus dem Haus getragen wird.

Immer öffnete der dienstälteste Schuhmacher die Fensterläden der Werkstatt von aussen: im Pfisterhaus, im Meierisli und seit 69 Jahren im Sankt Crispin. Jeder Arbeitstag begann mit einem Gang um das Haus. Nach Anton dem Ersten und Anton dem Zweiten bist nun du an der Reihe. Bei jedem Wetter trittst auch du vor die Tür, gehst von Fenster zu Fenster, stellst die Holzlamellen am linken Fensterladen auf, greifst hindurch, löst mit der Zugleiste den Stangenverschluss, ziehst beide Flügel auf und sicherst sie an der Hauswand mit dem Ladenhalter. Am Abend wiederholst du alles in umgekehrter Reihenfolge. Nur an Sonn- und Feiertagen bleiben die Fensterläden geschlossen. Seit du Chefin bist, auch am Montag.

Anton der Dritte macht nun regelmässig Ladendienst. Er ist seit zehn Jahren im Ruhestand und lernt im Schlussakkord noch dein erlesenes Spezialsortiment kennen. MOVER, den Herrenwallin für sensible Füsse und ein optimiertes Gangbild. Die pastellfarbenen Frühlingsflints von Wolky oder den letzten CUP von Hartjes. Heute bringt er selbst gepflückte Heidelbeeren mit. Zum Naschen zwischendurch, sagt er, und füllt zuerst die Leerstellen in den Regalen.

Er wollte mehr Präsentierfläche für die Schuhe schaffen. Seine Devise im Grosshandel lautete: «Wir verkaufen so lange, bis der Bagger vorfährt!» Du bist einverstanden, dass alles verkauft wird, ab dem einhundertzwölften Tag auch das Inventar. Bis dahin soll aber **gang**art, deine Firma, dein Verkaufsraum, deine Handschrift tragen.

Das Handicap kommt aus England. Deine Werkstatt betritt es am Gründonnerstag. Die Ausputzmaschine lärmt mit 2370 Umdrehungen pro Minute, schleift ein Stück Absatzgummi in deiner Hand. Die Ladentür geht, das Klingeln hörst du nicht, siehst aber das Blinken der Signallampe. Sofort schaltest du die Maschine aus, drehst den Kopf. Wie Hunderttausendmal schon. Höchstens eine Zehntelsekunde zu früh. Oder einen Zehntelmillimeter anders geneigt. Dein Handgelenk gerät an den Fronter. Die Maschine beisst mit letzter Kraft zu, wickelt erbarmungslos den umgekrempelten Pulloverärmel auf. Den Arm selbst quetscht sie gierig an die Blechabdeckung, bekommt ihn aber nicht mehr zu fassen. Er wehrt sich, schwillt bedrohlich an, ein Bluterguss ummantelt ihn bis hoch zur Achsel.

Fastunfälle gehörten immer zum Tagesgeschäft. Anton Eins opferte der Ausputzmaschine nach Rosas Tod seinen Ringfinger. Fast zeitgleich trugst du beim Versuch, mit Pius im Garten Sand herzustellen, einen deformierten Fingernagel davon. Dein handicapierter Arm braucht Ruhe, die rechte Hand ist tagelang nicht zu gebrauchen. Der Pullover erlebt in Annemaries Atelier ein upcycling zum Dreiviertelarmoberteil. Auch die linke Hand wird nicht verschont. An einem Januarmorgen rutschst du beim Schneeräumen vor dem Schuhhaus aus. Die Rechte hält die Schaufel und die Linke versucht, den Fall abzufedern. Das gelingt ihr. Ohne Bruch, aber mit Zerrungen, Verletzung der Knochenhaut, Druckschmerz am Kahnbein sowie an der Gelenkoberseite und am Handrücken. Zur Ruhigstellung braucht sie eine Gipsbandage.

Wir fangen noch einmal von vorne an. Alles begann immer an einem 1. März. Das Handwerk, Antons, Tonis und Friedas Schuhmacherlehre. Die Werkstatt. Der Schuhhandel. Der Generationenwechsel. Der Geschlechterwechsel. Der Umzug. Der Neubau. Der Umbau und Namenswechsel. Nach 111 Jahren endet nun alles am 1. März: **gang**art schliesst und ich lese! Ich bin vor Wochen schon angereist, und du hast in Ruhe liquidiert. Jahreszeitenpaare. Wochentagspaare. Schlechtwetterpaare. Sonntagsschuhe. Arbeitsschuhe. Gesundheitsschuhe. Und sortiert. Reparaturschuhe. Lederreste. Gummisohlen. Aber auch Gedanken, Zahlen, Fragen. Messer, Löffel, Gabeln. Erkenntnisse. Träume. Wünsche. Nur auf dem Dachboden lagern noch viel zu viele Papiertragetaschen mit deinem Firmenlogo. Das Auto hast du vor zwei Jahren verkauft und die Garage abreissen lassen.

Die Unterengadiner Aussenstelle war immer mobil und wurde von Sent nach Tschlin und wieder zurück verlegt. In Sent bekamen die Frauenschuhe ein eigenes Haus, und jede Schuhgrösse bezog ihr eigenes Zimmer, lange bevor im Sankt Crispin nur noch Schuhe und eine Schuhfrau wohnten. In Tschlin präsentierten sie sich im Muttler wieder gemeinsam. Wie auf einer Schuhmesse. Am Ende des Tages reisten immer alle unverkauften Paare im Combi wieder ab, umgepackt in Tonis grasgrüne Plastiktüten. Irgendwann waren die Tüten aufgebraucht und die Kräfte aufgezehrt. Die Aussenstelle wurde nicht mehr bedient. Ursula, die Aussenstellenkoordinatorin beugte sich ihrer Krankheit. Die Füsse trugen sie schon lange nicht mehr. Ihre Friedaschuhe standen nur noch im Schuhgestell.

Friedamutter war schon ausgezogen, als dein Entschluss reifte, aufzuhören. Die erste Tochter kommt ins Rentenalter! Mutterfrieda schloss ihre Kinder und Kindeskinder in jedes Gebet ein. Wenn du sie mit einer lädierten Hand im Unterdorf besuchtest, wollte sie unbedingt auf dem Laufenden gehalten werden. Eine Erkältung hatte sie geschwächt, Atemnot sie wachgehalten. Die Nächte ohne Toni waren schwer zu ertragen. Sie hatte ihrer Lebtag nie allein in einem Zimmer geschlafen! Aber ihm nachzufolgen, dazu war sie noch nicht bereit. Nein, sie wolle ins Altersheim, erklärte sie nach dem Fünfundneunzigsten! Unter die Leute! Sie verliess dich und das Schuhhaus. Bezog ein Einzelzimmer, hatte den Notfallknopf in Griffnähe und kannte den Turnus der Nachtschwester.

Hast du denn eine Nachfolgerin? Fragt Frieda die Erste geistesgegenwärtig. Du musst mit der Stille zurechtkommen im Haus, das nur noch du mit Schuhen bewohnst. Sie muss mit der Entfernung zurechtkommen, die zwischen dem Sankt Crispin und der Weiermatte liegt. Die Kirchenglocken hört sie, aber das Klingeln der Ladentür verschluckt der Strassenlärm. Mutterfrieda erkundigt sich besorgt nach dem Geschäftsgang, dem schmerzenden Sprunggelenk, der Nackenverspannung oder dem Juckreiz. Es muss natürlich eine Nachfolgerin sein! Die Buben wollten ja nie im Leben mit Leder arbeiten. Der Jüngste wird bald Sechzig und sitzt immer noch am liebsten im Führerstand. Jedes Mal betätigt er unerlaubt die Lokpfeife, wenn er den Bahnhof Menznau Richtung Norden verlässt.

Die Zwillingsheiligen, Crispin und Crispinian, sorgen sich um alles in der Schuhmacherwelt. Dir stehen sie bis zum Ende uneingeschränkt zur Seite. Die Veränderungen gehen auch ihnen durch Mark und Bein. Weit und breit ist keine Werkstatt in Sicht, in die sie umziehen könnten. Das haben sie auf ihren Montagsausflügen längst erkundet. Sie lesen Füsse, wie du, aber auch Gedanken. Die alten Schuhmacher sind versorgt und junge gibt es keine. In ihrer Not bitten die beiden das Universum, die Zeit im Napfbergland wieder an die astronomische Realität anzupassen und ein längst fälliges Schaltjahr zu gewähren. Ihr Flehen wird erhört und das Ende von **gang**art über den letzten Samstag im Februar 2020 hinausgeschoben.

Die DRUNTA von Think! verkaufst du mit der Empfehlung «für das Drüba sind alle selbst zuständig». Du kannst noch eine Handtasche in Buffalo Nude dazu reichen und für den ersten frischen Herbstspaziergang Handschuhe aus feinstem Lammnappa, gefüttert mit Schurwolle. Der Rest der Bekleidung hängt zu Hause im Schrank oder in einem Fachgeschäft in Huttwil. Eigentlich gehört «think» ins philosophische Wörterbuch oder in die englische Grammatik. Aber das Wort prägt mit Ausrufezeichen bunte Schuhsohlen und ist längst mehr als ein Imperativ: Ich denke, also geh ich! Aufrecht mit GAUDI, IMMA, GUAD, GRING, TURNA, MENSCHA oder UMADUM an den Füssen. Kaum zu glauben, wieviel Kopfarbeit diese oberösterreichische Schuhfirma ihren Kundinnen und Kunden abverlangt.

Die Brassband Musikgesellschaft Geiss kleidet sich neu ein. Ein streng geheimes Verfahren. Nicht das kleinste Detail des Schnitts, des Drunter oder Drüber, der Westen, Krawatten, Hemdkragen, Bundfalten oder kessen Hüte darf vorzeitig an die Öffentlichkeit gelangen. Alle Blechbläser und Fahnenträger leisten einen Schweigeschwur. Auch du! Denn zur neuen Uniform gehören natürlich neue Schuhe! Niemand soll erfahren, wer fünfundzwanzig Paar Herrenschuhe einer Marke braucht. Mit Musikerschuhen hast du Erfahrung. Peters Orgelschuhe kommen regelmässig in besorgniserregendem Zustand auf deinen Werktisch. Du verleihst ihnen wieder Gleitkraft. Auf den geschliffenen Fusspedalen werden sie ganz anders gefordert als auf Asphalt. Die Geisser Dorfmusikanten treten schliesslich stolz in Rotschwarz, mit HELSINKIS an den Füssen zum Neuuniformierungskonzert auf.

Das zweite Jahrhundert beginnt mit einem Maschinenschaden. Das erste Jahrhundert wurde ein Jahr lang gefeiert. Mit vielerlei Aktivitäten rund um den Schuh. Der letzte Tag des Jubiläumsjahres fällt auf einen Sonntag und du kannst ein bisschen verschnaufen. Am Montag werden die Blachen heruntergeholt, eingerollt und auf den Dachboden getragen. Sie hatten zu beiden Seiten des Schuhhauses den Umriss einer Schuhsohle aus einhundert Wörtern gezeigt. Am Dienstag geht die Arbeit weiter. Bergschuhe, Ballerinas und Highheels warten schon. Vor deiner Schleifmaschine sind alle Schuhe gleich! Der Kompressor der Presse verliert ständig Druck. Er reicht höchstens für zwei, drei Absätze. In einem der vielen Schläuche zischt es, aber du kannst das Leck nicht lokalisieren.

Die Konkurrenz entgleitet deiner Kontrolle. Beide Grossväter waren Schuhmacher. Damals gab es viel Arbeit im Napfbergland. Alle kannten sich. Wer Schuhe brauchte, bestellte den Schuhmacher auf den Hof. Es zählten Handfertigkeit, Zuverlässigkeit sowie Charakterfestigkeit. Dein Vater heiratete Frieda, die jüngste Rengglitochter. Grossvater Renggli war Grossvater Fölmlis grösster Konkurrent! Aber sie grüssten immer freundlich. Weder gab es Wettbewerbshüter noch den Begriff der feindlichen Übernahme. Es war Liebe! Und Synergie! Die beiden Schuhmachersprösslinge waren mit Schuhen gross geworden. Sie expandierten, ihr Schuhhandel florierte. Du hingegen bist eine Pionierin: nicht nur die erste Frau im Vorstand des SSOMV und erste Präsidentin der Sektion Zentralschweiz, sondern innovationsfreudig, ständig auf der Suche nach Nischenprodukten und Spartenübergreifendem.

Der Blaue Engel wird zum ersten Mal an Schuhe vergeben. Gleich fünf Modelle der Reihe CHILLI von Think! dürfen nun dieses Umweltsigel tragen. Aus dem Fussbekleidungssektor wurden bisher nur Einlegesohlen aus Bambusfasern ausgezeichnet, die ohne gesundheitsschädliche Chemikalien auskommen. Der Blaue Engel ist das Umweltzeichen des deutschen Bundesministeriums für Umwelt, Naturschutz und nukleare Sicherheit. Er wird auf Antrag verliehen an Pflanztöpfe, Polstermöbel, Duschbrausen, Holzhackschnitzel, Hygiene-Papiere, Schnurlostelefone, Strassenbahnen und neu auch an zwei Think!-Ballerinas, zwei Think!-Schnürer sowie einen Think!-Slipper. Diese CHILLI-Modelle erhalten das Umwelt- und Nachhaltigkeitsprädikat für ihr Wechselfussbett, die der natürlichen Fussform angepasste asymmetrische Schuhspitze, das vegetabil gegerbte Leder und die europäische Herkunft aller verwendeten Materialien. Deinen CHILLI-Umsatz steigert der Umweltengel nicht.

Ursula hatte verfügt, dass ihre Asche bei San Niclà dem Inn übergeben werden soll. Unweit ihres Tschliner Wohnzimmerfensters, das ihr in den letzten Jahren den Blick in die Welt freihielt, aber unten im Tal. Der Fluss würde sie in die Donau und ans Schwarze Meer bringen. Es ist einer von vielen Abschieden, die dich begleiten, vielleicht der Ungewöhnlichste. Wer an der Gedenkfeier teilnimmt, wird gebeten, Ursula einen Stein und eine Blume auf den Weg mitzugeben. Es ist Hochsommer. Du steigst früh an den Oberlauf der Grossen Fontannen, suchst im Morgenschatten einen Magnetit, durchzogen von Waschgoldflitterchen, schneidest im Garten eine Stockrose und fährst zum ersten Mal ohne Schuhe im Kofferraum ins Unterengadin.

Wegbereiterinnen sind immer einsam. In der freien Natur gelten Pionierpflanzen als Erstbesiedler. Etwa in Steinschlaggebieten. Kaum haben sie den Boden stabilisiert, werden sie überrannt von Zweit- und Drittgesellschaften. In der Schuhmacherwelt ist es anders. Immer mehr Reparaturwerkstätten schliessen. Es gibt kaum Auszubildende oder Ausgebildete in der Branche. Du wirst überrannt von heimatlosen Reparaturschuhen. Um die Arbeit zu bewältigen, holst du deinen Nebikoner Kollegen im Tagelohn ins Sankt Crispin. Anerkennung und Ehrenämter nehmen dir keinen einzigen Arbeitsschritt ab! Eine Neukundin mit Blasen an den Fersen möchte, dass du ihr zum Schnäppchenpreis erstandenes Fünfunddreissigeinhalb auf Sechsunddreissig ausweitest. Du tust, was du kannst und kannst, was du tust. Aber Wunder bewirkst auch du nicht.

Es gibt nur noch einen Mechaniker in der Schweiz, der deine Hardo Caravelle reparieren kann. Du arbeitest an den Nähmaschinen, bis er kommt. Nähst an der Adler den neuen Reissverschluss in einen Schaftstiefel, setzt eine Naht mit der Durchnähmaschine und plagst dich von Hand an einer Gürtelschlaufe. Das Ende beginnt von vielen Seiten gleichzeitig. Wenn der letzte Mechaniker in Ruhestand geht, müssen auch Absatzpressen, Nagler, Ausweitmaschinen bei der kleinsten Unregelmässigkeit weggeworfen statt repariert werden. Die Schuhmacher können es sich aber nicht leisten, neue Maschinen anzuschaffen, nur weil die alten Ermüdungserscheinungen zeigen. Auch hast du keinen Executive Search Berater zur Hand, der Facharbeiter im europäischen Umland besorgt und die helvetische Kurzzeitarbeitsbewilligung einholt.

Luzia, dieses kleine Wunder, kam auf die Welt, als du schon staunen konntest. Aufgewachsen seid ihr im Sankt Crispin dennoch wie Zwillingsschwestern. Die Brüder waren zwar in der Überzahl, aber nicht organisiert. Antoine der Älteste, Edgar der Jüngste, Urs der Klügste und Pius mittendrin. Ihr aber laut, zu zweit, gleich angezogen, in gleichen Schuhen, lange Zeit auch gleich gross. Bis Luzia dich überholte. Alle überragen dich heute um Kopflängen, auch die, die nicht mehr Fölmli heissen und nicht mehr im Fölmliland leben. Aber du allein trägst die Verantwortung, die emotionale und professionelle Bürde. Das immaterielle Familiengut. Die *Buutig*. Sie wissen es und kommen, um ihren letzten Dienst am Schuhhaus zu verrichten.

Ich betrete mit tiefseeblauen Schuhbidus am Sonntagabend dein Schuhhaus. Am Wattenmeer regnete es in der Früh. Im Fölmliland ist es so mild, dass wir uns unter den Nussbaum setzen. Dort belehrst du mich eines Besseren. Natürlich gehen Schuhsohlen heutzutage ihrer eigenen Wege! Nichts ist mehr für die Ewigkeit geschaffen wie zu Zeiten der beiden Antons. Stumm erheben wir unsere Gläser. Moderne Schuhsohlen, fährst du fort, bestehen aus verschiedenen Komponenten. Gerade Lauf- und Wanderschuhe müssen weich sein und dämpfen, wie es die Werbung verspricht. Aber chemische Bestandteile verändern sich, Weichmacher verflüchtigen sich, das Sohlengebilde zerbröselt von innen und verliert ungeachtet der Tageszeit, Tagestour oder Tagesform plötzlich in schwindelnder Höhe seinen äusseren Zusammenhalt.

Wer bin ich? Zum ersten Mal komme ich durch die Unterführung. Früher führte der Fussweg über die Gleise. Nun laufen Schienen und Schuhe voneinander getrennt. Ich nehme, wie immer, die Abkürzung über den Friedhof, am Gemeinschaftsgrab vorbei. Hier ruhen Toni und Frieda. Ihr Schwiegersohn Beat war erst halb so alt, als er starb. Beat und ich waren die Ersten, für die du deine Werkstatt räumtest. Für seine Fotos und meine Wörter. Seither ist Kunst nicht mehr wegzudenken aus **gang**art. Wer waren wir? Baselbieter, aber wir trafen erst im Fölmliland aufeinander. Du bist uns danach überallhin gefolgt. Ihm und Luzia, sowie deinem *Gottebueb* nach Boston. Mir nach Warschau, Berlin und ans Wattenmeer.

Traumpaare sind bei dir an der Tagesordnung. Wie Fastunfälle. Schuhe gibt es nur paarweise, und deine Paare sind alle ein Traum. Unzertrennlich! Manchen weinst du tatsächlich nach. Aber sie müssen jetzt, husch, aus dem Haus und in die Welt. Auch Spielschuhe verkaufst du nie einzeln. Wer zwei ungleiche Füsse hat, muss zwei Paar Schuhe kaufen. Wer den rechten Absatz schneller abnutzt, muss trotzdem den linken Schuh in deine Werkstatt mitbringen. **gang**art ist ein Geh-Geschäft. Du hast keinen Rack-Room wie die Grossen, die auf Lager und Beratung verzichten, im Verkaufsraum jedes Modell selbsterklärend in Umkartons aufstapeln und Personal nur noch an der Kasse einsetzen. Deine Traumpaare zeigen Gesicht und treten unverschachtelt auf.

Die beiden Standbeine haben Tradition. Der Handel mit modischen, den Jahreszeiten vorauseilenden Modellen sowie das Ausputzen von Tragschäden. Für mich, sagst du, gibt es keinen Unterschied zwischen Kundinnen, die kaufen und Kunden, die nicht kaufen. Zwischen denen, die ihren Füssen regelmässig neue Bequemschuhe zumuten und denen, die ihre guteingelaufenen Lieblingsschuhe immer wieder zum Besohlen bringen. Das Gleichgewicht ist gefährdet. Während dir die Reparaturen über den Kopf wachsen, bedroht der rückläufige Verkauf deine Existenz. Die Gründe für diese Disharmonie sind vielfältig. Treue Traumpaarträgerinnen bleiben treu, andere gehen andere Wege. Viele Firmen führen online-shops, liefern portofrei, beraten am Telefon, nehmen kostenlos zurück. Deine Konkurrenz ist der Konsumrausch, der jederzeit offene Markt im Netz.

Handarbeit hat ihren Preis. Wenn er steigt, stellen die Mächtigen die Produktion ein oder verlagern sie in ein Land, in dem Hände zu einem Bruchteil arbeiten. Zu dir kommen Biker, die eine Schnalle an ihrer aerodynamischen Lederkombi versetzen lassen wollen. Damit sie besser sitzt. Oder eine Mutter mit dem Body Protector ihres Töchterchens. Die Handy-Tasche muss wieder angenäht werden, damit das Kind erreichbar bleibt. Du nennst deinen Preis. Die Reaktion ist ein inneres Seufzen. Manche sprechen es auch hemmungslos aus: «So teuer?»
Ja, so teuer oder gar nicht!
Die Grossen verzichten auf Handarbeit, entsorgen kostenlos und liefern lieber neu zum Neuwarenpreis. Du bist ein kleines Unikum: Chefin und Handarbeiterin in Personalunion.

Unikate sind die Schuhe aus deinem Schuhhaus nicht. Nur im Vabeene-Zimmer stehen womöglich noch Einzelpaare, die nirgends sonst lieferbar sind. Du hast in deinem Schuhmacherinnenleben nur wenige Unikate angefertigt. Opus 1 für Hans sowie verschiedene Babyschuhe. Für mehr Massanfertigungen hattest du nie die Zeit, geschweige denn das Personal. Toni arbeitete dir in der Werkstatt zu, solange er konnte. Geduldig bei kniffligen Griffen oder an klobigen Bergschuhen. Er war der einzige zertifizierte Militärschuhmacher der Fölmlis, aber selbst die Schweizer Armee lässt aus Kostengründen mittlerweile keine Kampfstiefel mehr reparieren. Die Retablierungsstellen ordern Neuware zu einem lächerlichen Preis im osteuropäischen Ausland. Auch deine Traumpaare sind rund um den Erdball überall erhältlich, wo Zustelldienste arbeiten.

Camper stylt TWINS – ungleiche Zwillinge. Schuhpaare, deren linker Partner anders aussieht als der rechte. Leicht modifiziert, wie die Namen der Zwillingsheiligen, Crispin und Crispinian. Schon die Anatomie stört das Deckungsgleiche am Fuss. Links steht der grosse Zeh rechts und rechts links. Das Konzept eines kreativen Gegensatzpaares entwickelt Camper in dem Jahr, in dem Toni sein Schuhlager für dich, für dein Nischensortiment räumt. Die Jubiläumstwins zum Dreissigsten entwirft eine fachübergreifende Make-up-Artistin. Sie verwandelt den klassischen Camper-Runner in einen gepolsterten High-top-Sneaker. Fünf schwarze Klettverschlussriemchen auf elfenbeinfarbenem Leder verleihen dem Schuh eine minimalistisch-musikalische Ästhetik. Klaviertasten, aufsteigend in der Dominante, am linken Schuh beginnend mit cis-Moll, am rechten mit ges-Dur. Pianotwins nicht nur für Pianogrössen!

Reparaturen nimmst du noch an, beruhigst deine Kunden. Es sind vor allem Frauen, die zwischen Weihnachten und Neujahr plötzlich hektisch ihre Schränke nach verlorenen Sohlen absuchen. Nicht nur Approachschuhe sind anfällig für diese Krankheit, sondern auch selten getragene Pfingstsandaletten, Partypantoletten oder Premierenstilettos. Bergschuhe kannst du mit Vallugasohlen retten. Das Ende verläuft spiegelverkehrt zum Anfang. Du liquidierst das Schuhverkaufsgeschäft und schliesst dann die Reparaturwerkstatt. Die *Buutig* ist das eigentliche Erbe Antons des Ersten, sein Kerngeschäft, der Grundstein, den er vor einhundertelf Jahren im Pfisterhaus gelegt hatte. Die Familientradition wird schrittweise auf die fundamentalen Arbeitsgänge reduziert. Vor 31 Jahren, als du das Geschäft von Toni übernahmst, wolltest du nur Schuhmacherin sein, keine Schuhverkäuferin.

Buutig hast du deine Werkstatt nie genannt, aber das Wort im Herzen aufbewahrt. Immer wieder hast du deinen Arbeitsraum zweckentfremdet. Er war vorübergehend Galerie, Bühne, Laufsteg, Hutatelier, Konzertsaal. Hier gab es Ursprünge und Absprünge, Hochzeiten und Jagdzeiten, Kleinkariertes und Quergestreiftes. Es wurde gelustwandelt, mit Sekt angestossen, gelauscht, gestaunt, gelobt. Ushmas Virginal fand Platz, Monikas Cello, Jürgs Saxophon, Michas Oboe, Leas Querflöte und dein Kontrabass! Für die Premierenlesung der «Fölmlis» wurde ein beheizbares Festzelt an die Aussenwand angebaut. Antons Werktisch musste zurückweichen, alle Fenster waren aufgesperrt und ich sass mit dem offenen Buch rittlings auf der Fensterbank, wie auf einem Pferd. Der rechte Fuss baumelte in der Werkstatt, der linke im Zelt.

Das Ende hat so viele Facetten wie dein Leben. Facetten sind kleine geschliffene Flächen an Edelsteinen, die einfallendes Licht brechen, spalten und in die Welt streuen. Ein Vierteljahrhundert warst du Mitglied der Menznauer Kulturkommission, das letzte Drittel davon ihre Präsidentin. Wenn du abends Laudationes gehalten oder Grussworte gesprochen hast, hätte dir kaum jemand zugetraut, dass du tagsüber mit Leder und Leim, mit Zwickzange und Zwillingsfräser, Schleifbändern und Walkkissen hantierst. Aber du bist mittendrin und dich kennen alle. Die Frauenbundfrauen vergessen nie deine spritzige Rede an einem Adventssonntag: «Frauen sind kleine Kraftwerke, sie strahlen Wärme und Atmosphäre aus und sind Quellen der Energie». Jetzt gibst du das Amt ab und trittst aus.

Im Garten hebst du nach Tonis Tod die Vielfelderwirtschaft auf. Das Ende der Selbstversorgung hat praktische Gründe. Draussen fehlen zupackende Hände, am Küchentisch hungrige Mäuler, im Schuhladen nackte Füsse. Die **gang**art-Kunden sind mit dir alt geworden. Einige leben nicht mehr, andere arbeiten nicht mehr. Wer nicht mehr jeden Tag ins Büro geht, muss nicht mehr repräsentieren. Der älteste und der jüngste Bruder graben die Erde um. Nach Ostern setzt ihr drei Sorten festkochender Biospeisekartoffeln in 39 Reihen. Amandine, Gourmandine und die robuste Cheyenne – früh, mittelfrüh und mittelspät, gelb, mittelgelb und rotschalig. Die Ernte wird die ganze Fölmlisippe ernähren! Daneben zwei Reihen Zwiebeln für die beiden Friedas, die Zweiweiberwirtschaft im Sankt Crispin.

Brakos gibt es nur für Damen. Sie sind detailverliebt, ornamentreich, natürlich und künstlerisch zugleich. Sie bringen das Selbstbewusstsein aus der Provinz Rioja ins Fölmliland, auf leisen Sohlen aus recycelten Materialien. Ankleboots im Ethno-Style oder Spangenpumps in Reptiloptik mit Schimmereffekt. Louis-Quinze-Absätze, Keilabsätze, Plateauabsätze. **gang**art geht auf jeden Wunsch zu. FUN im Frühlingsgrün und MINTHY für den Übergang vom Freitag zum Samstag, vom Sommer zum Herbst, vom Office in den Alltag, vom Stechschritt zum Tanzschritt. Fandango ist der älteste Tanz Spaniens und wird anders als der Flamenco nur zu zweit getanzt! Die feurigen Spanierinnen brauchen einen ebenbürtigen Partner, Pikolinos zweifarbigen Glattleder Basic oder den schlichten schwarzen Londoner Lackfreed mit Wildledersohle. Ideal für Wettbewerbstänze!

Und wieder bist du gefragt! Rita, die Lückenbüsserschneiderin aus dem Nachbardorf, betritt **gang**art. Seit das Fernsehen sie abgeworben hat, stattet Rita Prominente und Nichtprominente für diverse Abend-Shows aus. Da muss alles stimmen, sagt sie, vom BH bis zum Oberschenkelband. In der Schneiderei hinter der Kamera nähen Dutzende kompetente Frauen das Outfit für eine Handvoll Möchtegerne vor der Kamera. Jede hat ihre Zuständigkeiten. Sven «mache» eigentlich eine Kollegin, aber die kenne keine Schuhmacherin, gesteht Rita und stellt ein Paar Converse-All-Star auf deinen Ladentisch. Damit will Sven gewinnen! In der Tanzrevue «Darf ich bitten», mit Qualifikationsrunden wie im Fussball. Du ziehst Chromleder auf und spannst die eingeleisteten Fernsehtanzschuhe über Nacht auf das Langkissen.

Das Werkstattinnere ist seit Jahren schon Schauplatz von Nostalgie: sehenden Auges schwindende Tradition. Aeschbacher verrichtet seinen Sommerjob bei dir. Studenten kommen, Schülerprojektgruppen, Kindergartenkinder. Die Fensterläden müssen von aussen geöffnet werden, weil die Fensterbänke innen besetzt sind. Die Holzleisten gefallen, die Besteckörter und Gelenkeisen, aber auch deine handwerkliche Unordnung. Die Werkstatt ist keine Wohnstube. Licht ist wichtig für jeden Handgriff. Das Fernsehteam verstellt alles, handelt nach Drehbuch. Der Kameramann will ausgeleuchtete Mundwinkel. Kurt muss an jeder Maschine etwas Sinnbildliches tun sowie eine Kundin bedienen! Du hast am Tag danach eine postmediale Depression, weil du zum ersten Mal in deinem Berufsleben zur Nebensache stilisiert wurdest. Das Fernsehen erzählt Aeschbachers Geschichte. Ich erzähle deine.

Seit Jahrzehnten begleite ich dich. So wie du mich. Auch ich jongliere, betone oder beleuchte eigenmächtig. Aber ich bleibe beim Thema. Zwar erdreiste ich mich, Traumpaare auszuschachteln, das Innerste nach aussen zu kehren, die eckigen und runden Löcher der neuesten Campertwins ins Rampenlicht zu stellen. Ich halte mich dabei aber an die lederne Schuhmacherregel. Toni hatte sie mir einst an einem sonnigen Nachmittag unter dem Nussbaum erklärt: «Alles, woran ich mich erinnere», sagte er, «was ich immer wieder erzähle in Geschichten, die mit dem Satz beginnen *Mi Vatter het alle gseit …* möchte ich so im Buch lesen. Alles andere aber», fuhr er fort, die Ruhe selbst, «darfst du frei erfinden.»

Nach dem ersten Winter in der Werkstatt *hets dr de Eermu inegno!* Diese Redensart versteht nur, wer Schweizerdeutsch spricht. Seit dem Gründonnerstagsmalheur am Fronter haben wir sie als Bild vor Augen: Dein von der Hardo Caravelle zerfetzter Pulloverärmel. Weil du gar nichts Fabrikneues in die Hand nehmen wolltest, räumte Toni im Sommer 1988 sein Schuhlager. 6000 Paare mussten gehen. Den leeren Verkaufsraum hättest du am liebsten einer Steinmetzin oder Seifensiederin überlassen. Aber dann klopfte ein Traumpaar nach dem anderen an. Auserlesene Gangarten! Ehe du dich versahst, hatte das Schuhhaus wieder halbjährliche Schuhschübe zu verkraften. Die Fölmlis lebten immer mit Schuhen unter einem Dach. So wie die Bauern im Napfbergland mit Kühen.

Das Leben schreibt anders oder gar nicht: Eine Studentin, begeistert von der anachronistischen Authentizität, schiesst an einem sonnigen Vormittag in deiner Werkstatt unzählige Fotos mit zwei analogen Apparaten. Für ihre Aufnahmeprüfung. In der Dunkelkammer in Luzern stellt sie fest, dass die Filme nicht transportiert wurden. Sie habe zu wenig weit gekurbelt, gesteht sie am Telefon und kommt am Nachmittag wieder. Da liegt das Schuhhaus bereits im Schatten. Am nächsten Vormittag reist sie nochmals an, und wieder ab, entwickelt schwarzweiss auf übergrosse Formate. Sie will dir die Bilder unbedingt zeigen, scannt alle mit dem Smartphone, kommt und zieht in deiner Werkstatt die interessantesten Details auf dem Minibildschirm mit Daumen und Zeigefinger auseinander.

Auch ich kenne Handicaps, Fast- und Ganzunfälle. Unsere Wege kreuzen sich immer wieder. Du singst seit Jahrzehnten. Ich singe seit Jahrzehnten. Wir haben noch nie zusammen in einem Chor gesungen, kennen nur dieselben salbeigeladenen Bomben für strapazierte Kehlen. Oder die Ernüchterung nach der ersten Probe mit Orchester. Sowie das schwarze Loch, das uns am Tag nach dem Konzert empfängt. Sollbruchstellen sind erstaunlich anpassungsfähig. Im November in Heide drängten sich vor der Carmina-Burana-Aufführung über zweihundert Erwachsene, Kinder und Jugendliche zur Anspielprobe auf die Bühne. Die Techniker waren verspätet. Das Dirigentenpodest stand hochkant mitten im Raum, bis es der natürlichen Schwerkraft eigenständig nachgab und ausgerechnet mich traf wie Achilles an der linken Ferse.

Hooge ist eines unserer Abenteuer am Ende der Welt. Eine Hallig, unstet und sensationsarm mitten im Wattenmeer. Eine Handvoll Menschen auf einer Handvoll Erde, ausgesetzt einer Handvoll Wetterereignissen. Ich liebe die Gezeitenstürme und bleibe ein Jahr. Du reist aus dem Napfbergland an und bleibst eine Woche. **gang**art macht Betriebsferien. Auch Traumpaare brauchen Sommerruhe. Am 1. August dekorieren wir das Café Blauer Pesel mit rotweissen Papierfähnchen. Ich lese aus den «Fölmlis» und du zeigst Hände und Füsse. Die weibliche Hauptfigur! Im Publikum sitzen Sommergäste aus aller Herren Länder, auch aus der Schweiz. Dir nimmt es wieder *de Eermu ine.* Du bestaunst den unverstellten Horizont und läufst barfuss durch den Schlick zum Japsand.

Seither fährst du jeden Sommer nach Hooge. Legst auf der Durchfahrt einen Zwischenhalt in Meldorf ein oder wir treffen uns im Café Frida in Bredstedt. Die Strömung hinterlässt Rippelmarken auf dem trockenfallenden Wattboden, Wellenrippel, Windrippel, Sandrippel. Wenn das Wasser wieder aufläuft, bist du längst in Sicherheit auf Backenswarft. Die Flut überspült alles Gestrige und der Wind löst die Knoten im Kopf. Du siehst plötzlich, wo du Freiraum gewinnen kannst! Nach der Rückkehr fragst du deine Nachbarin Esther, ob sie stundenweise Ladendienst übernehmen möchte. Das sei nicht schwierig, beruhigst du. Schuhmarken sind einzigartig und ihre Schachteln lassen sich gut unterscheiden. Auch auf Schuhsohlen und Innenfutter finden sich Wortmarken, unverwüstlich und nicht abtretbar.

Die Sehne war nicht gerissen. Ich konnte den Fuss noch bewegen. Ich trug wie immer Friedaschuhe. Schwarze Think!-Ziegenleder-GUADs. Aber der Schock lähmte mich. Während die anderen ihre Plätze einnahmen und das Notenbuch aufschlugen, sank ich halbtot auf einen Besucherstuhl. Neben den Chefarzt i.R., Gatte einer Altistin. Der scheuchte mich wieder hoch. Sofort auf die Damentoilette! Die Ferse mindestens zehn Minuten unter fliessendes kaltes Wasser halten! Unbedingt der Schwellung zuvorkommen! Ich gehorchte. Eine Sopranistin fand den Notfallkasten, legte einen Notverband an und besorgte telefonisch Schmerztabletten. Carl Orffs schlagende Rhythmen wirkten Wunder. Ich stand das Konzert fast beschwerdefrei durch. Das Pulsieren unter der aufgeschürften Haut erreichte mein Hirn erst spät in der Nacht.

Tage später inspizierte ich den linken GUAD. Keine Kratzer, keine Blutspritzer. Schwarzglänzend. Wie neu! Auch der Schuhbändel. Ich griff irritiert zum rechten GUAD. Schwarzer Schuh, schwarzes Band. Dabei wirbt Think! damit, dass ihre Schnürschuhe Schuhbändel mit tiefroten Enden haben! Der Sage nach bezog der Firmengründer die Bändel von der Königsfamilie zu Rappenforst. Der König selbst flocht in der Seilermanufaktur aus den Schweifhaaren seiner Zuchtrappen Sackbänder, Kletterseile und Bindfäden. Als er in Rente ging, übernahm seine Tochter das Handwerk. Wer sonst? Sie zog die Knoten der Schuhbändel, der groben und feinen, für Wanderstiefel oder Hochzeitsschuhe, immer mit den Zähnen fest. Eine Prinzessin arbeitet nicht ungeschminkt und ihr Lippenstift färbte alle Enden rot.

Wenn ich mich für dich auf Wörter konzentrieren soll, sagst du, geht es in meinem Kopf rund. Wie früher auf dem Rösslikarussell? Frage ich. Wenn du und Luzia, beide in blauen Lackschuhen aus dem Welschland, mit einem Batzen vom Grossvater an die *Kilbi* gingt und knobeltet, wer auf dem Pferd sitzen und wer in der Kutsche Platz nehmen durfte. Dir wurde jedes Mal schnell schwindlig durch die immer gleichen Umdrehungen.
Ja, wiederholst du, wenn du Wörter von mir willst, fällt mir gar nichts ein. Das stimmt nicht, wende ich ein. Das erste Jahrhundert bekam einhundert Jubiläumswörter. Das zweite Jahrhundert ist anspruchsvoller und fordert alles: einhundertelf mal einhundertelf. Das sind zwölftausenddreihunderteinundzwanzig Wörter.

Deine Post wurde vor drei Jahren geschlossen, meine vor zwei. Dennoch ist der Kontakt zwischen uns nie abgebrochen. Dein Bahnhof ist seit letztem Jahr vollautomatisiert, funktioniert kreuzungs- und barrierefrei ohne Bahnbeamten. Meinen habe ich nie gekannt. Wir können trotzdem beide abreisen und anreisen. Ich lebe seit dreizehn Jahren in Meldorf am Wattenmeer, du seit Geburt in Menznau im Napfbergland. Meldorf ist kein Dorf, sondern die Kulturhauptstadt Dithmarschens. Menznau ist mehr als ein Dorf, eine Drei-Dörfer-Gemeinde. Briefe und Pakete gebe ich in der Buchhandlung oder im Supermarkt ab, du marschierst damit zum Lebensmittelladen. Deine Konkurrenz ist in jeder Hinsicht im Vorteil, ich habe keine. Über Schuhe schreibt niemand. Aber Schuhe tragen alle.

Zu den letzten hellen Nächten bestelle ich Dich an meinen Schreibtisch. Deine Hooger Woche ist gerade um. Das trifft sich, wir müssen am Text arbeiten. Ich fabuliere und du klopfst mir auf die Finger. Hämmerst, schleifst, entfernst falsche Schlüsse. Dein Bahnhof bleibt ein Bahnhof. Darüber entscheiden Perrons, Gleise und Weichen, nicht der geschlossene Fahrkartenschalter! Wenn ich die Hände voll habe, erzählst du, bekommen leere Schuhschachteln einen Tritt und finden den Weg allein treppab. Manchmal nachts erträgst du die Stille nicht, füllst polternd das Schuhhaus, schlägst Nägel ein, knallst Türen zu, singst oder juchzt. Den Schlaf raubst du niemandem mehr. Auch ich, gestehe ich, hantiere gerne mit der Bohrmaschine zu später Stunde.

Frau verwildert etwas, gibt Helmi zu bedenken, wenn das Korrektiv fehlt. Wir schauen verwundert auf. Sie sitzt schon eine Weile am Tisch und verfolgt stumm unser Seitenwechseln. Einhundertelf Blätter! Wann wollt ihr damit fertig werden?
Und was machst du nachts allein in deinem Haus? Will ich wissen.
Helmi weicht aus. Lasst uns zum Deich fahren,

sagt sie. Das Wasser läuft auf und der Wind hat sich gelegt.
Wir schwimmen im Mondschein. Noch schlucken Tageslichtreste alle Sterne. Dann zwängen wir uns fröstelnd in einen verlassenen Strandkorb, essen Eis am Stiel und trinken Rosésekt. Du steigst auf die Deichkrone, holst tief Luft und schmetterst den *Beichlejutz* über die Meldorfer Bucht. Die Austernfischer applaudieren.

Im Gepäck hast du geküsste Ersatzschuhbändel für meine Konzertschuhe. Sogar Helmi trägt Think!-Schnürer mit roten Bandenden und bedauert, dass du keinen Schuhmacherleim mitgebracht hast. Die verlorene Sohle unter dem Beifahrersitz gehört nämlich ihrem rechten Ausgehschuh. Sie hatte ihn im November nach einer Geburtstagsfeier in Krumstedt gegen den Bremspedalschuh ausgewechselt. Sie wollte bei dem Nebel sicher nach Hause kommen. Du knüpfst an den Herbst an. Der beschere dir nahtlose Tage. Den Kartoffelacker hast du wieder aufgegeben. Die Mittelspäten aus der Erde zu holen, kostete dich von Jahr zu Jahr mehr Kraft. Dazu Nüsse ohne Ende, Laub ohne Ende, Altmetallabfuhr, nasser Rasen. Die Sohle, erklärst du Helmi, kann dir kein Schuhmacher mehr kleben!

Nun mähst du nur noch Rasen. Brot kaufst du im Pfisterhaus, auch Milch. Kartoffeln, Eier und Gemüse liefert der Biobauer aus Willisau. Er ruft montags an und notiert, was du brauchst. Im Garten verbleiben Sträucher, Bäume, Holunder, Brombeeren, Himbeeren. Und natürlich die roten *Trübeli*, die einst, noch zur Schulzeit, das Schicksal der jungen Frieda und ihres Toni besiegelten. Sobald die Zwetschgen reifen, bringen dir die Wespen im Baum das Fürchten bei. Im Gewächshaus wohnen wilde Katzen. Einmal hat dich eine zu Tode erschreckt, als du nur mit einer Handvoll Unkraut unschuldig daher kamst. Sie sah keinen anderen Ausweg als durch eine Glaswand vorzupreschen. Es klirrte und splitterte, deinen Schrei hörte niemand.

Zum Mittagessen steigen wir auf den Menzberg. Alle, die da sind. Es ist Berchtoldstag, der Himmel wolkenlos. In früheren Jahren brachte Antoine Friedamutter mit dem Auto hoch. Sie wollte immer im Neuen Jahr die Hasenmatt sehen, wo sie geboren wurde. Wir aber haben noch viele Wege vor uns, sagt Pius. Wir müssen die Geschichte beenden und einen Bogen schlagen zu Grossvaters Schuhmacheranfang in Kottwil. Am Abend setzen sich die sechs älter gewordenen Fölmligeschwister mit glühenden Wangen im Sankt Crispin um den Küchentisch. So wie damals. Ein Fölmlienkel nimmt Tonis Platz ein, ein Urenkel den von Anton. Eine Urenkelin spielt Rosa und Lea bindet sich Mutterfriedas Küchenschürze um und schneidet Brot auf.

Die Samstage sind anstrengend. Du hast keine Mittagspause. Die meisten Kundinnen und Kunden arbeiten nicht. An manch anderen Tagen, sagst du, beschleicht mich das Gefühl, die Welt habe mich vergessen. Wenn nie die Tür geht, nie die Klingel ertönt, nie die Lampe über der Hardo Caravelle ihr oranges Warnen an die Decke wirft. Wie der Leuchtturm von Helgoland seinen Strahl in den Himmel. Wir sahen ihn in klaren Hochsommernächten von Hooge aus. Obwohl es unmöglich scheint, überwindet das Licht die Erdkrümmung. Wir haben Muskelkater und verbrannte Nasenspitzen von unserem Firmenausflug. Heute ist Halbzeit und wir gehen es etwas ruhiger an, zählen die Schuhe und überlegen, welche Zimmer wir bereits schliessen können.

Das Fingerspitzengefühl lässt nach, sagst du. Es falle dir öfter mal was aus der Hand. Schuhe, meist ein einzelner, obwohl du nur mit Paaren zu tun hast. Aber in die Sohlenpresse oder an den Bimser kommt einer nach dem anderen. Jeder Fuss läuft den Absatz anders ab. Der Körper funktioniert nicht synchron wie ein Spiegelbild. Du stellst das Gleichgewicht wieder her. Passt die Höhe an. Bringst das Ticktack wieder in Einklang. Manchmal, wenn du überlegst, ob die Kunden Links- oder Rechtsgänger sind, einen Schuh drehst und wendest, ihn prüfend mit dem anderen vergleichst, fällt einer aus deiner Hand. Aber auch Nägel, Münzen, eine Ahle, die Raspel, eines der vielen scharfen Antonmesser.

Schuld daran sind aber nicht die Gefühle, widerspreche ich, sondern die Muskeln. Vielleicht funktioniert die Koordination mit dem Kleinhirn nicht mehr immer reibungslos. Oder die Kletterfasern sind ermattet. Der Bewegungsplan «festhalten bitte!» kann seine Instruktionen nicht durch die Moosfasern schicken. Du weist meinen Lexikonwortschatz zurück. Auch die Begeisterung lasse nach und natürlich habe die Schusseligkeit auch emotionale Gründe. Es falle dir schwer, die nötige Geduld für komplizierte Kundengespräche aufzubringen. Die ewigselben Fragen zu beantworten. Ob es den Solidus nicht auch in Offwhite, Creme, Beige oder einfach in einem sehr hellen Braun gebe. Nein! Dein Sortiment ist begrenzt, das Lager trotzdem zu gross. Der Trend des vorletzten Sommers waren Nude-Colours, hauttonähnliche Farben.

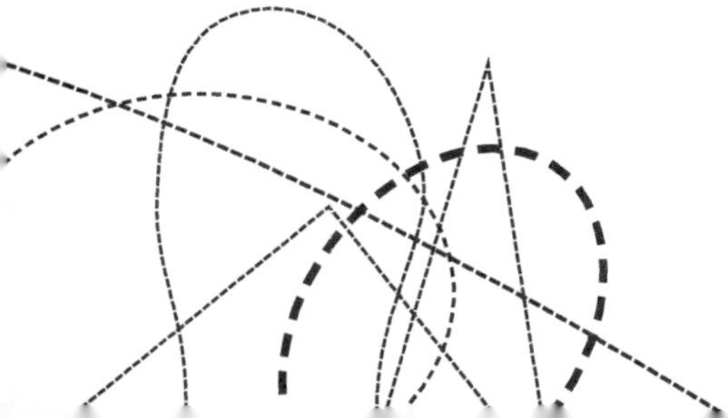

Ponyschuhe hattest Du schon auf Deiner Werkbank, vier Lederverkleidungen mit dicken Sohlen und kaputten Klettverschlüssen. Die Hufe der Tiere sind nicht eisenbeschlagen und werden mit Leder geschützt. Velcros reparierst du auch an Kinderschuhen. Hemmschuhe aber kennt nur dein jüngster Bruder, der Lokomotivführer. Bei Verschleiss kommt der Hemmschuh zum Schmied, Metallschmelzer oder Metallgiesser. Der Hemmschuh hat eine Zunge, wie jeder Schnürschuh, ist aber der einzige Einzelgängerschuh. Er bremst rollende Rangierfahrzeuge am effektivsten, wenn er nur an einer Schiene angelegt wird. Früher, sagt Edgar, gab es überall auf der Strecke vor grösseren Gefällen Hemmschuhständer, Hemmschuhleger und Hemmschuhverschieber. Heute werden Hemmschuhe nur in Abstellanlagen verwendet, für den Notfall führt sie aber jede Lokomotive mit.

Dein Tanzleder auf den Converse trägt den Traumtänzer tatsächlich leicht wie eine Feder ins Fernsehfinale. Zwischen den Auftritten trainiert er hart. Vor jeder Runde wechselt er Schuhe und Kleidung. So sind die Vorschriften im Fernsehen. Keiner kommt zweimal gleich angezogen auf den Bildschirm. In der Endrunde erreicht Sven trotzdem nur den letzten Platz. Die meisten Punkte holt der Schönste, ein Ex-Mister-Schweiz. Sven nutzt die Niederlage und kittet vor aller Augen und Ohren sein Privatleben. Vor laufender Kamera fällt er auf die Knie und hält weinend um die Hand seines Tanzpartners an. Der sagt «ja» und die Regenbogenpresse jubiliert. In deiner Werkstatt verteilt die Absatzpresse den Druck gleichmässig auf zwei geleimte Teile.

Hydrolyse ist das Zauberwort der Zeit. Der Fachbegriff für schleichenden Zerfall von Schuhsohlen, Kunstharzen oder Fettsäuren. Ein Kompositum aus griechisch «lýsis» für (Auf-)lösung sowie «hydor» für Wasser. Wie Hydrostatik, die Lehre von ruhenden, oder Hydrodynamik von strömenden Flüssigkeiten. Schuhsohlen sind nicht vor Wassereinwirkung gefeit und können Standschäden erleiden. Zwiegenähte Schuhe, sagte Toni, halten bei richtiger Pflege ewig. Du lerntest noch faltenlos zwicken. Ein Kunde bringt nach der Durchquerung der Dolomiten seinen La-Sportiva-Karakorum. Querriss im Obermaterial an der Hinterkappe, mehrere Zentimeter breit. Er sei im Fels ausgerutscht, aber unverletzt geblieben. Achillessehnenrisse sind Grenzfälle, erklärst du, Spaltungen chemischer Verbindungen im PU-Dämpfungskeil durch Wassereinwirkung aber Gesetz. Du ziehst eine neue Gummilaufsohle mit Geröllschutzrand auf.

Pauls Schlagzeugschuhe haben nie den Weg in (d)eine Werkstatt gefunden. Der Drummer verehrte und trug sie ein halbes Jahrhundert, überzeugt, dass er nur ihnen seine Schlag- und Tretkraft verdanke. Er konnte sie nicht weggeben. Nicht einmal für eine Sonder-Express-Behandlung mit Nadel, Hammer, Leim und Presse.
Als Paar existieren sie nur noch auf einem Foto. Jeder Schuh in einer Hand an Pauls Wangen geschmiegt. Die zerschlissenen Sohlen, das sich ablösende Leder dem Betrachter zugewandt. Eine haptische Liebeserklärung! Der Rechte ging unbemerkt verloren. Infolge totaler Materialerschöpfung, einer archaischen Hydrolyse! Oder aus Nachlässigkeit. Den Linken hütet Paul wie seinen Augapfel. Trägt ihn zu jedem Konzert in der Tasche mit den Stöcken, Schlegeln und Besen.

Du seist dein eigener Bremsschuh, sagst du, Hemmschuh oder Rämmschuh. Wie auch immer dieser Klotz am Bein heisst. Die Arbeit gehe dir nicht mehr so flott von der Hand wie früher. Du musst auch Büroarbeit erledigen, Umsatzzahlen übermitteln, Steuern bezahlen! Schuhmacherische Problemfälle bescheren dir schlaflose Nächte. Das Gegenüber am Werktisch fehlt, Tonis praktisches Denken. Der Abrieb wird undurchsichtig, wenn Sohle und Schaft in einem Stück gegossen sind. Wie soll ich, fragst du ausgerechnet mich, die Vorderkappe eines Sneakers reparieren, der in einem volldigitalisierten Prozess von Robotern gebaut wurde? In Speedfactories laufen auf Athletendaten basierende, hochindividualisierte Cityrunner in einem radikal beschleunigten Ablauf vom Band, während ich mühselig den Schlupfriemen eines Monkstraps erneuere.

Einzelne Schuhe berühren dich eigenartig. Als ob der abwesende zweite dir körperlichen Schmerz zufügte. Einer liegt am Strassenrand. Einer auf dem Köhlerpfad, am Soppiseeufer oder auf dem Parkplatz einer Autobahnraststätte. Am Wattenmeer werden Strandgutschuhe angespült. Nicht zwingend bedeutet ein einzelner Gummistiefel eine Tragödie wie der im Walzenwehr Griesheim hängengebliebene Pallabrouse Baggy. Der gehörte einem jungen Amerikaner, der in Prag Englisch unterrichtete und einen Novemberabend in Frankfurt verbrachte, um seine Lieblingsband zu hören. In der Nacht verschwand er, stürzte von niemandem bemerkt in den Main. Aufgrund des hohen Wasserstands trieb sein willenloser Körper über alle Staustufen hinweg in den Rhein ab und verhedderte sich erst nach einhundertelf Kilometern in Boppard im Ufergestrüpp.

Ungeschrieben lautet das Label von **gang**art seit Jahrzehnten «Friedaschuhe». Männer und Frauen tragen Friedaschuhe und bekennen sich dazu auf der Strasse oder im Zug. Traumpaare an den Füssen von Bekannten wecken urplötzlich Begehrlichkeiten auf einem Sonntagsspaziergang oder während der Mittagspause in der Stadt. Die Unterengadiner Ursula war eine der ersten, die den Friedaschuhen der Patentante ihrer Tochter nach Menznau folgte. Eine der letzten ist Ursula aus Horw. Sie fragte beim Krienbrügglibrunnen in Luzern eine Unbekannte, woher sie ihre Schuhe habe. Dieses Grün! Von Frieda, antwortete die Frau und wirkte nicht im Geringsten erstaunt. Sie winkelte das linke Bein an, sehr weiches Oberleder, perfekt für die momentane Hitze. Meine Füsse können atmen!

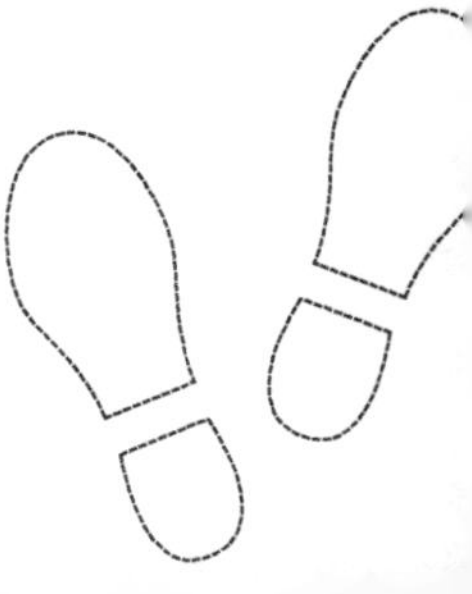

Schuhfarben sind saisonabhängig, erklärst du der neuen Kundin, der es mehr um die Farbe geht, als um das gestrobelte Modell Peu Senda von Camper. Du weisst natürlich, wovon sie träumt. Die Krokodilgrünen waren der Hit des letzten Jahres. Nun sind braunbeige Naturtöne an der Reihe. Passend zu einem currygelben Rock! Du siehst, dass eine Farbfrau vor dir steht. Aber du weisst noch nicht, dass sie auch von Farben lebt. Eine Farbspezialistin, eine Farbdirigentin, eine Farbraumgestalterin! Farbe sei immer eine Möglichkeit, sagt Ursula Zwo. Sie gehe mit Farben um wie Musiker mit Noten, wähle aber Räume nicht nach der Akustik, sondern aufgrund der Farbempfänglichkeit ihrer Oberflächen. Sie kauft den sandfarbenen Peu Senda.

gangart läuft immer noch strikt nach Jahreszeiten. Obwohl sich rundherum alles verschiebt. Nicht einmal die Eisheiligen halten sich noch an den Kalender. Im Fölmliland werden Sommerschuhe vor Ostern gekauft und Winterschuhe vor den Herbstferien. Die pfiffigsten Modelle gehen immer im März oder im August schon weg. Vor den Sommerferien beginnt der Sommerschlussverkauf, nach Silvester der Winterschlussverkauf. Das Schuhhaus muss immer wieder Platz schaffen für die neue Kollektion. Online hingegen gibt es Tag und Nacht, jahraus, jahrein Sonderangebote, Niedrigpreisrechner, Neukundenrabatte und dergleichen mehr. Anna war immer eine der ersten. Auch damals kaufte sie lammfellgefütterte Kandahars, kaum hattest du sie ausgepackt. Aber noch ehe der erste Schnee fiel, konnte Anna nicht mehr weiterleben.

Eine Rot-Grün-Sehschwäche ist keine Krankheit, sagt Ursula Zwo, auch Schwarzfahren nicht. Jede Farbe hat ihr Potential. Die Augen, teilt die Fussreflexzonentherapeutin mit, sitzen auf dem zweiten und dritten Zeh. Kurzsichtige Menschen sollten deshalb nie zu enge Schuhe tragen. Sie fasst Füsse an, auch deine, und spürt in ihnen Fehlfunktionen der Organe auf. Sie streicht, drückt oder knetet die empfindliche Haut der Fusssohlen besonders intensiv dort, wo der Körper Schmerz meldet. Auch du streichst, drückst oder knetest besonders hartnäckig dort, wo Schmerz auftritt. Aber du behandelst nicht die Blasen am Fuss, sondern das Leder der Hinterkappe. Massierst es zwischen Daumen und Zeigefinger oder klopfst es mit dem Hammer weich, bis es nachgibt.

Das Strobeln, erklärst du mir, ist eine Machart, benannt nach Herrn Strobel. Die Strobelmaschine ist eine robuste Überwendlichmaschine. Sie stellt die Strobelnaht her, eine innen umlaufende Kettelnaht, die den Schaft mit der Brandsohle verbindet, bevor das Leder auf den Leisten aufgezogen wird. Das Schuhoberteil, neudeutsch «Upper», bildet so eine kompakte Einheit. Daran werden flache, rutschfeste Gummi-Laufsohlen aus Polyurethan oder thermoplastischem Kautschuk direkt angespritzt. Gestrobelte Schuhe sind flexibel, leicht und weich. Preisgünstig, weil Material eingespart wird. Fersenfreundlich, weil die anpassungsfähigen Polsterschäume ein schmerzhaftes Einlaufen überflüssig machen. Du kannst sie anprobieren, sagst du, und, wenn sie passen, losmarschieren. Natürlich halten sie nie so lange wie die echt Zwiegenähten, die Durchgenähten oder aufwändig Klebegezwickten.

Meine Kunden, sagst du, kaufen aus verschiedenen Gründen immer noch – oder nicht mehr – bei mir, **gang**art, das bin ich! Manche schätzen meine persönliche Beratung, andere wollen für sich sein beim Schuheprobieren. Zwei Frauen kommen seit Jahren miteinander, wenn sie Schuhe brauchen. Am Anfang bezahlte immer die Ältere auch die Schuhe der Jüngeren. Dann war die Jüngere schwanger. Seither ist auch das Kind dabei. Es heisst Frieda, wie du. Ich nenne es Kleinfrieda. Irgendwann sagte Kleinfriedas Mama zu Kleinfriedas Oma: Du hast nun lange genug meine Schuhe bezahlt, heute bezahle ich deine! Seither kommen sie nach wie vor zusammen, aber zu dritt, und jede Grosse schenkt der anderen Grossen ein Paar Friedaschuhe.

Die Machart ist ein Werkstattwort und steuert den Umsatz von **gang**art. Von der Machart hängt es ab, ob ein Schuh neu besohlt werden kann oder nicht. Machart meint nur die Verbindung von Ober- und Unterteil eines Schuhs, von Sohle und Schaft. Crispin und Crispinian sorgten dereinst selbst dafür, dass auch arme Menschen solide Schuhe bekamen. Heute übernimmt Hightech in der Speedfactory die Machart, morgen möglicherweise der 3D-Drucker im Wohnzimmer aller Stubenhocker. Strobels Einfaden-Überwendlich-Einsohlmaschine mit Fadenöler und einer Vorrichtung für string-lasting-Verfahren wirkt antiquiert. Dir nimmt sie Arbeit und Verdienst. Eine an den Leisten angespritzte Sohle kannst du nicht erneuern. Ist sie abgelaufen, landet der Schuh im Müll. Der neue kommt per Mausklick.

gangart verliert beide Standbeine. Nichtwiederbesohlbare Schuhe und das homeshopping einer einstigen Laufkundschaft bringen dich zu Fall. Die Industrie produziert für die Müllhalde und die Gesellschaft konsumiert zu Lasten des Postboten. Neueste Erhebungen belegen, dass jede fünfte Internetbestellung hin und her geht. Einige Onlineriesen schreddern die Retouren, ungeachtet ihres Inhalts. Ob Loints of Holland, Klodeckel mit Absenkautomatik oder Bleistifte, das Auspacken und Zurücksortieren ins Lager lohnt nicht. Unsere unermessliche Gier füllt die Abfalldeponien mit alten und fabrikneuen Produkten, mit Schadhaftem, Abgenütztem und Originalverpacktem. Dazu kommt die geplante Obsoleszenz – eine den Umsatz steigernde Strategie der Hersteller, welche die Lebensdauer der Waren konzeptionell verkürzt, Verschleiss begünstigt und Ersatzteile überteuert oder gar nicht mehr anbietet.

Die Achillessehne ist die stärkste Sehne unseres Körpers. Wird sie überlastet, reisst sie trotzdem. Mit einem lauten Knall und einschiessenden Schmerzen. Betroffene sind sofort gehunfähig. Jede andere Sehne kann reissen, jeder Knochen brechen, jeder Muskel zerren. Der Mensch hat keine Sollbruchstelle. In der Warenwelt dienen Sollbruchstellen der Produktsicherheit, behauptet das Qualitätsmanagement. Ein Versagen durch Alterung oder Abnützung komme nur an einer bestimmten Stelle vor. Das betreffende Bauteil werde in ausreichender Menge vorproduziert und im Schadensfall ersetzt.
Ärzte berichten, dass eine Achillessehnenruptur oft nach der Geburt des zweiten Kindes bei Vätern auftrete, die einem ungestümen Laufdrang nachgeben. Die Achillessehne kann nicht ersetzt werden. Sie muss gemächlich, im Spezialschuh, in Spitzfussstellung, wieder zusammenwachsen.

Keiner der Antons litt je an Laufmangel oder verspürte Laufdrang. Weder vor noch nach der Geburt der Kinder. Anton Eins war ständig unterwegs im Napfbergland. Er hatte nur einen Sohn, Anton Zwei. Nach dessen Geburt hing das Schicksal der Fölmlis an einem seidenen Faden, der sich stark wie Einstechdraht erwies! Anton Zwei wurde Vater von sechs Kindern. Damals kannte niemand das Wort «joggen». Anton Drei, auch Antoine genannt, läuft Ski. Letztes Jahr entkam er unterhalb des Plaine Morte knapp einer Lawine. Anton Eins hielt den Gehstock bis zu seinem letzten Atemzug in der Hand. Anton Zwei besorgte im Alter mit dem Rollator die Einkäufe im Dorf. Antoine erfreut sich bester Gesundheit.

Die Frauen, Mütter, Grossmütter, Urgrossmütter, Schwestern, Basen, Tanten, Cousinen hielten die Geschichte der Fölmlis am Laufen. Und nun geht sie mit dir, der Schuhmacherin, zu Ende. Nicht alle Frauen besassen so viele Schuhe wie du. Sie trugen früher entweder Werktagsschuhe oder Sonntagsschuhe. Du hingegen zeigst Form und Farbe, bist deine eigene Werbeträgerin, immer und überall. Trotzdem kannst du niemandem wirklich empfehlen, **gang**art weiterzuführen. Keiner Frieda Drei! Keinem Anton Vier! Nicht mit einem unterkellerten mehrstöckigen Haus voller Schuhe! Barfuss stehst du zehn Minuten täglich auf dem Trampolin und begibst dich sekundenlang in die Schwerelosigkeit. Diese faszienstärkenden Sprünge helfen dir, richtige Entscheidungen zu treffen und einseitige Belastungen der Bänder und Knorpel zu vermeiden.

Frieda die Erste wählte für ihren letzten Weg die kürzeste und hellste Nacht in dem Jahr, als der Sommer direkt nach Fronleichnam begann. Die Crispins wachten schon seit einigen Tagen über der Weiermatte, denn dich wussten sie im Oberdorf in Sicherheit. Du hattest werkstattfrei und keinen Kundenverkehr, warst tagsüber mit Erinnerungsarbeit beschäftigt und nachts noch einmal an ihrem Bett. Erst spät, als die Sonne endlich untergegangen und die gebrechliche Schuhmacherfrau allein war, reichten ihr die beiden Brüder, Crispin zur Rechten, Crispinian zur Linken, einen Arm. Sie führten sie aus der Zeit, stützten sie, fächelten ihr frische Luft zu und entliessen sie erst, als auf der anderen Seite Toni ins Licht trat.

An manchen Tagen bleiben die Fensterläden der Werkstatt mitten in der Woche geschlossen. Wenn Menznau Johannes, den Patron der Dorfkirche feiert und vom Napf herunter alle zur Heiligen Messe eilen. Du schneidest die letzten dicken Rhabarberstängel, die dünnen lässt du stehen. Die Pflanze braucht Kraft für den nächsten Frühling. Du aber willst keine Wintervorräte mehr anlegen und servierst deinen Geschwistern das Rhabarbermus zum Nachtisch mit Vanilleeis. Rosa, erzählt Urs mit pelziger Zunge, erntete an Johanni die ersten Kefen, Toni am Muttertag den ersten Kopfsalat. Den kleinen Kaffee reichst du aus dem Bürofenster und sprichst zum ersten Mal von der Zukunft. Márcia, die brasilianische Ausruferin, willst du besuchen. Und deinen neuseeländischen *Gottebueb.*

Schneeglöckchen und Haselsträucher sind Zeigerpflanzen des Vorfrühlings. Der phänologische Kalender kennt mehr Jahreszeiten als die Astronomie und der Laufsteg. Er orientiert sich nicht an Sternbildern, Planeten, Sonnen oder Monden, sondern am Wachstum der Pflanzen auf Erden, ihrem tatsächlichen Blüten- und Fruchtstand. Die phänologischen Jahreszeiten sind beweglich. Du verzichtest zum ersten Mal auf den Winterschlussverkauf. Das Fölmliland liegt unter einer dicken Schneedecke. Wieder ein Jahrhundertwinter! Kein Frühlingsgefühl. Der Totalausverkauf zieht sich hin. Wer kann, bleibt zu Hause. Auf den *Schlärplis,* neudeutsch Flip-Flops, wirst du sitzen bleiben, auch Zehenspreizer, Slip-Ons oder Römersandalen mag niemand anprobieren. Nach Ladenschluss pflückst du Eisblumen von den Fenstern der Werkstatt und legst sie Toni und Frieda aufs Grab.

Der Lindenmann ist Antoines Ebenbild und verwittert seit Jahren im Garten hinter dem Schuhhaus. Der Dank einer Sportschuhfirma für erfolgreiche Zusammenarbeit und Umsatzzahlen, die dich schwindeln machen. Mit der Motorsäge aus dem Stamm einer Ostschweizer Linde geschnitten, überreicht an Antoines letztem Arbeitstag im Dietikoner Büro: Antoine im Blazer, mit Krawatte, Stadtschuhen und Nickellesebrille. In der Hand das Markenzeichen seines Berufslebens: die Plastiktüte, auch sie aus Lindenholz!
Antoine konnte das zwei Zentner schwere Double weder stehen lassen noch nach Hause mitnehmen. Es wurde schliesslich in einer aufwändigen Aktion auf dem Holzdeckel über Tonis seit Jahren nicht mehr benütztem *Gmüesloch* platziert. Der Lindenmann gehört nach Menznau, sagt Antoine zufrieden, hier sind meine Wurzeln.

Alle Winterschuhe, bestimmst du, müssen nun in den Verkaufsraum. Nach Agatha will niemand mehr Lammfellgefüttertes. Antoine hat Ladendienst und ich gehe ihm zur Hand, trage Schuhschachteln aus dem Keller hoch. Du lärmst an der Schleifmaschine.
Ohne die Plastiktüte, erzählt er, die mein hölzernes Konterfei im Garten in der Hand hält, war ich nie anzutreffen.

Du warst CEO einer grossen Schuhhandelskette und hattest kein *Lädertäschli?*
Antoine lacht. Andere Zeiten! Andere Technik! Werbung und Nonchalance. In der Plastiktüte lag mein Fotoapparat. Ich fotografierte in den Filialen, bei der Konkurrenz, sowohl Gutes wie Schlechtes. Der Hausmeister brachte die Filme am Montagmorgen zum Entwickeln. Pünktlich zur Sitzung am Mittag lagen die Papierabzüge auf dem Tisch.

Die Firma, die Antoine den überdimensionierten Lindenholznippes zum Abschied in den Ruhestand schenkte, fing als Skikantenwerkstatt an, entwickelte Skibindungen mit selbstöffnendem Fersenteil, Skischuhe mit Abstiegseigenschaften und der integrierten «Gehen»-Funktion, stattete Weltmeisterinnen und Olympioniken aus, eroberte mit Wanderschuhen und Bergsteigerausrüstung den Sommersportmarkt sowie mit Laufschuhen unseren Alltag. Die Laufkundschaft ist zur laufenden Kundschaft geworden. Heerscharen von Wissenschaftlern beschäftigen sich nur mit der chemischen Zusammensetzung der Laufsohle, um das Dämpfungssystem zu optimieren. Asphaltläufer wollen flüssige Bewegungsabläufe, richtige Bodenhaftung, vergrösserte Landeflächen. Zwischensohlen aus Polyurethanschaum mit Memory-Effekt. Mittelsohlen aus Makromolekülen, die sich extrem schnell regenerieren. OrthoLite-Einlegesohlen gegen das altbekannte Blasenlaufen. Und Langläuferinnen schätzen an den Skikanten besonders die in Gummi gebettete Titanschicht für besseren Schneekontakt!

Du machst dir Sorgen um die Crispins. Nach einhundertelf Jahren kannst du sie nicht der Obdachlosigkeit preisgeben. Wenn alle neuen Schuhe gegangen und alle reparierten abgeholt sind, wirst du das Haus verkaufen. Dann haben die Schuhmacherheiligen hier nichts mehr zu tun! Sie könnten sich zurückziehen ins Kloster, schlage ich vor, Asyl beantragen bei den Brüdern in Willisau, in der Heilig-Blut Kapelle oder bei Peter und Paul. Oder Ferien auf einer Mittelmeerinsel machen. Sich auf Mallorca zum Praktikum bei Camper bewerben. In der Twinwerkstatt Cristian Zuzunaga beistehen, der flackernde Lichtpunkte, asiatische Stadtlandschaften by night auf schwarze Herrenpix zaubert. Du schüttelst den Kopf, möchtest sie in Sichtweite behalten, höchstens über die Kantonsgrenze entlassen.

Einmal zogst du mit einer mobilen Montagekiste für ein paar Stunden in die Stadt. Mit Beschneidschablone, Kompressorschlauch, Hefthammer, Klammerpistole, Bostich, Nägeln und einem klappbaren Hocker. Mit Dutzenden biegsamen Pappelholzböden in allen lieferbaren Grössen, antik gewachst, flach oder mit 4 Zentimeter hohen Absätzen. Dazu individuell wählbare Ristriemli, aus grell gefärbtem Fell oder gepolstertem Rindsleder in Noisette, Aqua, Hellgrün und Rosarot. Rundherum pulsierte die Luzerner Neustadtnacht, das rituelle Freitagabendshopping zur Verabschiedung des Sommers. Mit Fashionshows, Kleintheatern, Glanzlichtern und Naturschallwandlern. Bis Mitternacht stelltest du an der Hirschmattstrasse zwischen Naturtextilien und Bioseide Zoccolinos im Akkord her. Im Sankt Crispin hatte Toni den Tagesabschluss übernommen. Am Samstagmorgen standst du pünktlich um acht in deinem eigenen Laden.

Schuhe waren immer Statussymbole. Rosa kürzte 1915 ihr Hochzeitskleid, damit alle ihre Lederschuhe sehen konnten. Sie ehelichte nicht irgendwen, sondern den Schuhmacher Anton Fölmli! Heute haben Schuhe ihre Unschuld verloren. Stabillaufschuhe, Neutrallaufschuhe, Lightweighttrainer, Traillaufschuhe oder All-Terrain-Schuhe sind Leistungsträger für körperliche Fitness. Kinder des 21. Jahrhunderts kennen nur Sportschuhe. Trainingslaufschuhe versprechen Ausdauer, Wettkampfschuhe beschleunigen die Vorwärtsbewegung des Fusses und Bewegungskontrollschuhe bewahren Überpronierer vor Verletzungen. Flexkerben, Crashpads, sichtbare oder unsichtbare Gelkissen aus ermüdungsfreiem Silikon sowie eine Flytefoamtechnologie machen das Laufen fast zum Fliegen. Laufen bedeutet nicht mehr das Zurücklegen eines Wegs, zum Beispiel von Menznau nach Kottwil, um, wie damals Anton, eine Schuhmacherlehre zu beginnen. Nein, Laufen ist eine Freizeitbeschäftigung mit Suchtcharakter geworden.

gangart lud immer wieder zu aussergewöhnlichen Happenings. Alles ging, No-Gos kanntest du nicht. Einmal hast du deinen Luzerner Kunden einen Shuttle-Service zur Präsentation der Frühjahrskollektion angeboten. Ein silbergrauer Citroën DS – die Déesse, die vollschlanke Göttin, gelenkt von keinem Geringeren als *Schueuhuusseppissohn*, dem Luzerner Stadtbibliothekar, – brachte sie früh ins Hinterland und später wieder zurück an den See. Dazwischen gab es Rundfahrten in die Höhe, mit Fotopause auf dem Menzberg, über Girislehn bis Oberrängg. Die Gäste genossen das Unterwegssein und die hydropneumatische Federung. Nach Ladenschluss entschied das Los, wer von den Dagewesenen einen Sommertagesausflug gewann: mit Déesse, Fahrer und dir nach Willisau, Hergiswil, über die Chrüzstiegen nach Luthern zum Abendessen in der Sonne.

No-Gos gibt es auch in der Werkstatt nicht. Noch bringen deine Kunden, was sie nicht wegwerfen mögen. Rucksäcke, Stiefeltaschen, Reitgerten, Lederhosen, Schulterbeutel, Torwarthandschuhe, geflochtene Halslederkreuze, einen gerissenen Marschtrommelriemen. Seit ein paar Tagen sitzt ein halbblinder Passagier neben der Adlernähmaschine. Ein Schuhputzpanda, dessen rechtes Auge heraushängt. Wer hat dich so zugerichtet? Fragst du. Die Schmerzen rauben ihm schier den Verstand. Chirurgische Eingriffe am Kopf sind riskant. Er steckt in einer Latzhose und polierten Lackschuhen. Die oberen Extremitäten enden nicht in Tatzen, sondern in Rosshaarbürsten. Links die weiche Glanzbürste, rechts die Schmutzbürste mit einem silbernen Glöckchen. Musstest du im Akkord arbeiten? In seinem Mund steckt am Stiel, wie eine Pfeife, eine Dose Lederfett.

Werkstattführungen für Schulklassen machst du immer noch. Am liebsten montags, wenn keine Laufkundschaft kommt. Die Viertklässler, sagst du, sind die dankbarsten, aufmerksam und neugierig. Die Kleineren sehen oft nicht über den Werktischrand. Und die Grösseren haben anderes im Kopf. Einmal hast du Schuhwerke im Schaufenster und auf den Glasablagen im Laden ausgestellt. Es waren die Arbeiten von Erst- und Zweitklässlern einer Willisauer Schule. Sie hatten alte Schuhe – von Highheels über Turnschuhe bis zu Gummistiefeln – mit Pappmaché überzogen und dann diese Überschuhe bunt angemalt. Ohren und Augen aufgepinselt. Oder nur Streifen gezogen über die darunter liegenden Klettverschlüsse. Oder schwarze Punkte in die Farbe gesetzt. Eine Blumenwiese erblühen lassen. Landschaften über Schuhen gestaltet.

Ausgerechnet dein jüngster Bruder macht sich auf die Suche nach einer Erklärung für euren Familiennamen. Alle sechs Kinder von Toni und Frieda heissen Fölmli, auch du und Luzia. Die Endung -li verweist im Schweizerdeutschen immer auf etwas Freundliches. Die Koseform! Das Anfangs-F kann eine Variante oder ein Schreibfehler sein. Völlmin ist ein Oberbaselbieter Nachname, alteinheimisch ausgerechnet in der Gegend, aus der Beat stammt. Luzias Kinder tragen seinen Namen und heissen Mohler. Völlmin geht zurück auf althochdeutsch Vollmar oder Volkmar. «Volk» bedeutete Haufen, Kriegsschar und «mar» gross, berühmt. Volkmar ist der im Kriegsvolk Berühmte. Das Diminutiv-i entstand beim Rufen des Vornamens. Wahrscheinlich im 14. Jahrhundert wurde daraus ein Familienname. Ihr tapferen Fölmlis!

Der Nussbaum trägt noch einmal unglaublich viele Nüsse, unglaublich viel Laub. Als ob er dem Schuhmacherhimmel beweisen wollte, wieviel Kraft noch in ihm steckt. Er ist fast so alt wie das Haus. In seinem Schatten hat alles begonnen, alles stattgefunden.
Du bist verzweifelt. Wegen des hohen Gerbsäuregehalts willst du die Nussbaumblätter nicht im Garten kompostieren. Wir transportieren Säcke um Säcke ins Unterdorf zur Sammelstelle. Und die Nüsse! Im Keller lagert noch die halbe Ernte der letzten fünf, sechs Jahre. Die andere Hälfte hast du immer schon den Vögeln, Mäusen oder Eichhörnchen überlassen. Wir rechen Laub, suchen Nüsse, mähen Rasen. Immer wieder, tagelang, wochenlang. Der allerletzte Altweibersommer. Bis der Nussbaum kahl ist.

Wir wundern uns, warum unsere Mütter und Grossmütter ihre Aussteuer mit den Monogrammen ihrer Mädchennamen bestickten. Friedamutter hat vor einem Dreivierteljahrhundert ihr FR auf Leinen und Damast gebracht. Es ist Sonntag und wir sortieren im Wohnzimmer Tischwäsche. Vielleicht irren wir uns in der Annahme, dass die jungen Frauen damals, als sie nähten, bereits wussten, mit wem sie das Blütenweisse teilen würden. Wessen Namen sie annehmen müssten, ehe sie zusammen kommen könnten, denn eine andere Option gab es nicht.
Du hast es freiwillig ausgeschlagen, ein ästhetisch raffiniertes effeff im Wäscheschrank zu verwahren. Du hast die Kleinschreibung in deinen Geschäftsgang integriert. Einst frieda fölmli wie fortissimo in der Musik oder finissimo im Warenverkehr.

Und danach **gang**art. Der konsequente Verzicht auf Grossbuchstaben. Die Tage der Schuhe sind gezählt. Gestern haben wir nach Ladenschluss alle verbliebenen Kartons aus den Grössenzimmern nach unten und aus den Lagerkellern nach oben getragen. Es sind noch genau drei pinkfarbene Vabeenes übrig und viele graue, braune, beige Schuhschachteln mit Schwerverkäuflichem, in Randgrössen und falschen Farben. Nach meinem Vierundsechzigsten, erklärst du, hören wir auf. Du schaltest die letzte Anzeige im Willisauer Boten. Kündigst reduzierte Annahme- und Abholzeiten für Reparaturen bis Ende Monat an. Lädst zum Schlussspurt ein. Wer zwei Paar Schuhe kauft, bekommt ein drittes geschenkt. Die Internetgiganten vernichten Retouren, weil sie auf zerstörte Waren keine Mehrwertsteuer bezahlen, auf gespendete aber schon.

Umsätze steigert man, sagt Antoine, indem man Märkte erobert. Von Skikanten auf Hiking expandiert, vom Winter auf Sommer, von Klisterwachs auf Trekkingsocken, von Skibrillen auf Hüfttaschen, von Tourenstöcken auf Wanderhosen mit Zipp-Off-Funktion, also per Reissverschluss abnehmbaren Beinen, sowie einer erstklassigen Dry Funktion für die Schweissverdunstung... Du stöhnst! Schusterin, bleib bei deinen Leisten! Raubzüge haben dich nie interessiert, dafür fehlten dir das Personal und eine martialische Phantasie. Du wolltest lieber guten Gewissens deine Nischen ausleuchten und auffüllen. Jeden Schuh hast du über all die Jahre in den Schuhorderräumen in Spreitenbach selber in die Hand genommen und ganz sachte umgedreht. Ich nenne das Sohlenlesen, in deiner Gangart kommt es noch vor dem Fusslesen.

Herr Holzmann war der letzte Mensch am Bahnhof Menznau. Er hielt allein die Stellung in den letzten Wochen, als der Schalter schon geschlossen und nur noch Rangierdienst für den Holzumschlag der Kronospan zu leisten war. Dir verkaufte Herr Holzmann im April das letzte Billet in den letzten Sommerurlaub. Einmal Menznau – Bredstedt retour. Mit mehrtägiger Unterbrechung auf der Rückfahrt in Meldorf. Für Bus und Hilligenlei nach Hooge bezahlst du immer vor Ort. Als ich das letzte Mal in Menznau aus dem Zug stieg, funktionierte bereits das erste solarbetriebene Stellwerk der Schweiz. Herr Holzmann arbeitet nun als Fahrdienstleiter in Biberist. Und wann immer du Menznau verlässt, fehlt dir sein kurzes Nicken am Bahnhof.

Nein, antwortest du endlich Pi. Er ist der einzige von euch, dessen Vorname verkürzt wird. Kottwil steht am Anfang des Handwerks, Willisau aber am Anfang der Familie. Urs nickt. Die Versteigerung vom Guon war die grösste Schmach in Urgrossvater Johanns Leben, er hat den Abstieg ins Tal, nach Menznau ins Messerhüsli nie verwunden und ist früh gestorben. Urgrossmutter Maria, ergänzt du, ist danach einmal in einer Erbangelegenheit nach Willisau zurückgekehrt. Aber der Gemeindeamman zahlte ihren Anteil nicht aus, sondern verrechnete den Betrag mit früheren Sozialleistungen. Sie kam mit leeren Händen zurück. Soll ich denn, fragst du deine verdutzten Geschwister unter dem Nussbaum, das schlechte Karma auflösen und vielleicht nach Willisau ziehen?

Stolpersteinen bist du wie Hundehaufen mit viel Glück immer ausgewichen. Beide beeinträchtigen die Gangart am Trottoirrand. Stolpersteine sind aber auch europaweit geschützte Mahnmale: quadratische Messingtafeln mit abgerundeten Ecken und Kanten, darauf Namen und erschreckend verkürzte Biographien. NS-Opfer. Von Hand eingeschlagene Lettern. Diese Stolpersteine sind niveaugleich ins Strassenpflaster eingelassen. Der Fuss stolpert nicht, aber die Gedanken straucheln und die Augen verschliessen sich dem Glanz. In Kreuzlingen gibt es zwei, beide sind Sonderfälle: Ernst Bärtschi, ein Schweizer Schuhmachersohn, und der deutsche Schreiner Andreas Fleig wurden verhaftet, befreit und überlebten! In Tägermoos, der Konstanzer Gemarkung auf Schweizer Staatsgebiet, leuchtet der einzige wahre Schandfleck: Otto Vogler, Bauernsohn, mit einer Schweizerin verheiratet, wurde in Dachau ermordet.

Anton der Erste begann den Schuhhandel im Herbst 1919 mit 140 Paaren. Das waren solide Arbeitsschuhe, weder elegant noch überflüssig, sie wurden jahrzehntelang getragen und kamen immer wieder auf seinen Werktisch. Nie hat sich eine Sohle davongestohlen! Anton der Zweite vergrösserte mit Frieda der Ersten das Angebot kontinuierlich. Die Zeit war günstig, die Kunden entwickelten Sinn für Schönes und kauften vor Ort. Durchschnittlich gingen zwei Paar Schuhe pro Jahr und Einwohner über die Ladentheke. Du schränktest das Sortiment drastisch ein, wolltest mit zwei Marken mode- und saisonunabhängig bleiben. Trotzdem nahm deine Gangart Fahrt auf. Zum Schlussverkauf nach 111 Jahren bleibt dir wie Toni damals, 1988, die gleiche Anzahl Schuhpaare: ein Jahresumsatz.

Über der Gartentreppe in die Waschküche liegt das Westfenster der Werkstatt. In heissen Sommern werden die Holzklappläden schon am Mittag geschlossen und alle beweglichen Brettchen senkrecht gestellt. Dann arbeitest du bei elektrischem Licht und ärmellos an der Ausputzmaschine, füllst die rangierbaren Module deines Reparaturregals gendergerecht. Vorne Damen, in der Mitte Herren, hinten grobes Schuhwerk wie Arbeitsschuhe oder Reitstiefel, teils etwas streng riechend. Das Fenster kann nur gekippt werden, auf der Fensterbank stehen verschiedene Leim-, Farb- und Fetttöpfe. Die Fensterläden müssen wie alle anderen von aussen bewegt werden. Weil die Flügel über dem Treppenabgang von Hand nicht greifbar sind, baute Toni einen verlängerten Arm: Klemmte die Zähne einer Fleischgabel in einen Gummikeil.

Ich möchte ein Andenken aus deiner Werkstatt nach Hause mitnehmen. Ist das vermessen? Ein Werkzeug, das alle drei Fölmlischuhmacher in der Hand hielten. Möglichst klein und leicht, denn ich reise mit Handgepäck. Etwas, das nicht wie eine Waffe aussieht. Also nichts Scharfes, nichts Spitzes, nichts Stumpfes. Kein Messer, keine Raspel, keinen Hammer. Keinen Sohlennagel, keinen Absatzstift, keine Schwille. Kein Gelenkeisen, kein Stepport und schon gar keine Revolverlochzange. Sonst nimmt es mir die Bodenkontrolle am EuroAirport Basel-Mulhouse-Freiburg ab und wirft es in ein versiegeltes Behältnis. Ungeachtet meiner emotionalen Pein. Aber auch keine Lederschlaufe, kein Foto hinter Glas und keinen Heissluftfön. Nicht dein Wunsch ist vermessen, antwortest du, sondern deine Art der Fortbewegung.

Von April bis Oktober, sagst du, trage ich bei jedem Wetter Schuhe ohne Socken! Sommerschuhe sind hautverträglich, luftig, zehen- und fersenfrei. Sie gehören direkt an den Fuss. Erzeugen keinen Druck, keine Reibungsflächen, keine mechanischen Schäden. Seidenstrümpfe oder Wollsocken sind für mich in diesen Monaten vollkommen überflüssig.
Dein Grossvater begann seine Schuhmacherlehre am 1. März 1900 im grössten Schneetreiben und mit Blasen an den Füssen. Er trug natürlich Socken, von der Mutter oder Grossmutter gestrickte, und die Schuhe des toten Vaters. Sie waren ihm immer noch zu gross. Die Mutter hatte sie für ihn, den Jüngsten aufbewahrt. Er stopfte sie mit alten Zeitungen aus, bevor er zu seinem Lehrmeister nach Kottwil aufbrach.

Doris aus Thayngen übt mittlerweile den Komplementärberuf aus. Ihr gehörtet zu den ersten Schweizer Schuhmacherinnen, sasst einen Nachmittag in der Woche zusammen in der Gewerbeschule in Aarau. Thayngen ist der Sonderfall eines Schweizer Dorfs, das eine längere Grenze zum Ausland hat als zum Inland. Natürlich haben die Leute schnell begriffen, dass neben Wurst und Wein auch Schuhreparaturen drüben günstiger sind. Im Zweiten Weltkrieg war die Nähe zum deutschen Singen verhängnisvoll, heute ist sie günstig. Thayngen hat keine Stolpersteine, Singen über Achtzig. Wie viele der erfolglos oder erfolgreich Geflüchteten Schusterjungen waren, weiss ich nicht. Doris hat ihre Werkstatt nie abgebaut, nur geschlossen. Sie benützt sie nicht mehr, arbeitet im Nebenraum als Fussreflexzonentherapeutin.

Warum kauft eine Frau Winterschuhe und geht aus dem Leben, ehe der erste kühle Hauch um ihre Waden streicht? So darfst du nicht fragen, antwortest du. Der «kühle Hauch» ist ein Zitat. Aus dem Kontext gerissen. Aber darum geht es dir nicht. Alle Fölmlifrauen haben ein sicheres Gespür für erlaubte und unerlaubte Fragen. Schon Maria wies ihren Jüngsten, Anton den Ersten, mit genau diesen Worten zurecht: So darfst du nicht fragen! Zum Abschied von dem erst Dreizehnjährigen, als sie ihn in die Welt entliess, zu Bühlmann in die Lehre schickte. Sei dankbar!
Sei dankbar, sagst auch du und überreichst mir ein Paar rahmengenähte Lady Lows, mit kurzer Einlaufzeit! Für den Heimweg!

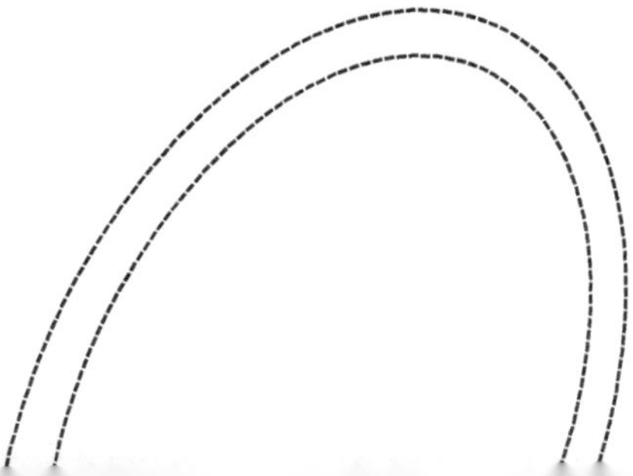

Du verkaufst nun alles. Die Maschinen. Das Werkzeug. Die Namen. Die Artikel. Die Adler. Die Hardo. Die Presse. Die Örter. Die Patent. Den auf Gis gestimmten Beschlagstock. Das Schuhmacheralphabet. Fachbücher. Alle Antonhämmer, Antonmesser und Antonleisten. Die Minirolls aus der Werkstatt und die aus dem Verkaufslager. Die Kellerregale. Die Zimmerregale. Holzzwischenbretter, auf die Grösse von Schuhkartons zugeschnitten. Die Ladeneinrichtung. Die Glasablagen mit den Fingerabdrücken der letzten Kundin oder deren Kind. Schuhlöffel. Schuhbändel. Schuhbürsten. Das Beleuchtungssystem. Die Schaltuhr. Die Registrierkasse. Den Ladentisch. Den Kaffeetisch. Die Kundenstühle. Den Tresor. Bargeld nimmst du nicht mehr an. Du nutzt viele Vertriebswege. Mundpropaganda, Mailverteiler deines Berufsverbands Fuss & Schuh, Online-Marktplätze. Du akzeptierst nur noch Vorkasse und Selbstabholer.

Der Winter zieht sich hin. Der Totalausverkauf ist zu Ende und du trägst immer noch Socken. An einem milden Märzabend versammeln wir uns vor dem Eindunkeln mitten auf der Wiese, in sicherem Abstand zum Schuhhaus und den Schuhmacherheiligen. Wir verbrennen Antoines morsches Alter Ego! Deine Brüder haben den Lindenmann schon im Herbst in handliche Klötze gespalten und zum Trocknen unter das Vordach gestapelt. Trotzdem müssen sie dem Feuer nachhelfen. Du übergibst alle Buchhaltungsunterlagen des ersten Jahrhunderts. Wir halten uns wach mit gezuckertem schwarzem Kaffee, wer will, verdünnt mit Träsch, solange die Glut noch glimmt. Wir werden mit Wasserhammerpuls aufwachen, sagst du. Wie Anton der Erste vor der Rekrutierung im Juli 1914.

Die Stadt ist dir zu voll, zu einsilbig. Nur noch Uhr & Schmuck. Nach Feierabend warst du ständig in Luzern, jährlich zur Fasnacht, wöchentlich beim Händelchor, immer wieder im KKL, dessen Schuhschachtel-Konstruktion Schallreflexionen optimal bricht und teilt. Trotzdem kehrst du in der Nacht gerne zurück aufs Land. Den Nachtsternbus meidest du zwar, das Publikum ist dir zu übermütig und der Fahrer oft überfordert. Auf den letzten Zug aber kannst du dich verlassen. Einmal gratulierte dir der Schaffner bei der Kontrolle zum Geburtstag. Ein Jahr später wieder. Es war derselbe Mann mit demselben Spruch, er habe zwei Tage vor dir Geburtstag. So etwas, sagst du, kommt nur vor, solange ich unterwegs bin.

Die Schleifbänder können auch für Holz benützt werden. Manchmal ist eine Zweckentfremdung auch ein Zugewinn. Hebi drehte zwei Werbefilme für **gang**art. Sie liefen im Willisauer Kino vor dem Hauptfilm. Schuhe zwischen Kebab, Velos und Glacé. Auch das Familienarchiv löst du auf. Die Geschwister nehmen mit, was sie behalten wollen. Auch Zuversicht ist ein Zugewinn. Du bist und bleibst Schuhmacherin, auch ohne Werkstatt. Die beiden Schuhmacherheiligen ziehen mit dir in die kleinste freie Wohnung. Über den XXL-Schuhkipper im Schlafzimmer nagelst du eines der letzten gerahmten Kundengeschenke. Eine bebilderte Wanderschuhgeschichte. Fragt der linke Schuh den rechten: «Bist du sicher, dass wir auf dem rechten Weg sind?» Antwortet der rechte dem linken: «Sicher schon!»

Ich erzähle dir jetzt meinen letzten Traum von damals. Im Jubiläumsjahr war ich ausgerechnet vor der Lesung in der Stadtmühle Willisau aufgeregt. Ich kannte das Haus gut. Oben, unter dem Dach, mit Blick auf Peter und Paul, hatte ich vier Monate gewohnt und den grössten Teil der «Fölmlis» geschrieben. Im Traum fragte ich dich, was ich in Willisau lesen soll. Ohne zu zögern sagtest du: Die letzte Rechnung. Die gibt es nicht, wandte ich ein und verwies auf das Inhaltsverzeichnis. Doch! Deine Stimme klang besänftigend. Und ich wollte den Computer hochfahren, die elektronische Druckvorlage nach dem Stichwort absuchen, den Zug nicht verpassen, auf dem richtigen Bahnsteig stehen ... und erwachte schweissgebadet.

Die letzten beiden Kisten mit Reparaturschuhen holt Reto am Sonntagnachmittag. In eine dritte Kiste packst du, was du noch an Material hast. Ihr trinkt Espresso im Stehen und du erklärst den letzten komplizierten Fall. Ein Kunde will eine naturfarbene Gummisohle auf seine Waldlaufschuhe, damit er sie im Winter beim Handballtraining tragen kann. Der Hauswart lasse ihn sonst nicht in die Halle hinein. Outdoorsportschuhsohlen wird Russ zugesetzt, wie den Autoreifen. So sind sie griffiger, abriebfest und bei Nässe rutschsicher. Auf glattpolierten Turnhallenböden aber zeigt der Russ die Spur. Die kann man wegrubbeln mit Radiergummi, sagt Reto. Du lachst und klebst einen Zettel an die Ladentür: Schuhreparaturen werden ab sofort in Nebikon angenommen.

Wir füllen Baumnüsse in die übriggebliebenen Papiertragetaschen. Im Schuhhaus gibt es keine Schuhe mehr. In allen Zimmern liegen ausgebreitet zum Trocknen die Nüsse der letzten Ernte. Im Keller die der vergangenen Jahre. Seit Toni tot ist, fehlen zwei Hände. Friedamutter knackte alleine nur noch so viele, wie sie zum Backen vor Weihnachten brauchte. Wir lassen in jede aufgeklappte Tüte Nüsse rieseln. Manche sind winzig wie Kieselsteine. Bis die Taschen schwer sind und dem Wind widerstehen. Dann verteilen wir sie im Dorf. Vor den Haustüren. Am Kreisverkehr, vor dem Pfisterhaus, an den Ampeln. Legen Papiertaschenschlangen durch die Unterführung ins Unterdorf, weiter nach Geiss und zurück, den Ricken hoch bis auf die Hasenmatt.

Wir gehen exakt nach Nordwest, die ersten 111 Minuten zusammen. Mein Flugticket habe ich zerrissen und trage die Saldana mit Doppelnaht und ozeanfarbenem Innenfutter. Die Sohle kannst du nicht verlieren, versicherst du, höchstens Ecken und Spitzen schräg ablaufen. Dann findet dir das Smartphone die nächstgelegene Werkstatt. Ich habe zweihundert Stunden Marsch vor mir. Im Rucksack liegen drei Antonmesser in verschiedenen Grössen, eingewickelt in Ersatzsocken. Sowie Äpfel und Nüsse. Du trägst deine Lieblingsschuhe. Für jeden Tag des Jahres hast du ein Traumpaar behalten. Auf Chalchtare verstummen wir. Es verbleiben uns 30 Höhenmeter bis zum Guon. Dort trennen sich unsere Wege. Du steigst über den Schlosshügel ab und ich lasse Willisau rechts liegen.

Dass das zweite Jahrhundert schneller endet, als das erste, ist nicht ungewöhnlich. Ich war, sagst du, in meinem Beruf doppelt begleitet. Vom Vater und vom Grossvater. Toni war mein Lehrmeister, Chef und dann Mitarbeiter; Anton war Tonis Lehrmeister, Chef und dann Mitarbeiter. So wie zwiegenähte Schuhe doppelt genäht sind. Und Zwieback zweimal gebacken wird. Diese Brücke führt zu Leo, dem Losbäcker, Antons in Frankreich verschollenem Lieblingsbruder. Die zwiegenähte Machart, ergänzt du, kennt als Veredelung den Zopfrahmen. Beim Einstechen und Doppeln werden in beide Nähte Lederbänder angeflochten. Die Gangart in den nächsten Lebensabschnitt aber hat dir Mutterfrieda vorgegeben. Sie ist aus dem Haus getreten, bewusst und ohne sich noch einmal bedauernd umzudrehen.

Das Sankt Crispin in Menznau ist kein Schuhhaus mehr. Die Schuhe sind in die Welt hinausgegangen und auch du! Die **gang**art-Firmentafel hast du abgeschraubt, die Schaufensterstoren blickdicht gestellt und alle Türen abgeschlossen. Seinen Eigennamen behält das Haus wie den Grundriss. Auch Antons erstes Schuhmacherhaus, das Meierisli, steht noch. Nach jedem Besitzerwechsel und jedem Fassadenputz kommen die Buchstaben wieder schwungvoll unter das oberste Fenster. Das Sankt Crispin war nie angeschrieben, trotzdem wissen alle, wie es heisst und wo es steht. Es wartet auf seine neue Bestimmung und horcht gespannt auf die Geräusche im Innern. Noch nie, seit es errichtet wurde, war es still unter seinem Dach, in den Zimmern, auf den Fluren.

Personen in «friedas gangarten»

Aeschbacher
Kurt Aeschbacher, Fernsehmoderator. In «Aeschbachers Sommerjob» präsentiert er sich als «Schnupperlehrling» in verschiedenen Berufen. Ausstrahlung der Sendung bei **gang**art: 29.7.2010 SRF 1

Anna
Kundin

Annemarie
Schneiderin in Menznau

Antoine
→ Anton der Dritte

Anton der Erste / Anton Eins
Anton Fölmli-Mehr (1886-1969), Schuhmacher, Gründer des Familienunternehmens, Grossvater von → Frieda der Zweiten

Anton der Zweite / Anton Zwei
Anton Fölmli-Renggli (1920-2012), Schuhmacher, Sohn von → Rosa und → Anton dem Ersten, Ehemann von → Frieda der Ersten, Vater von → Frieda der Zweiten

Anton der Dritte / Anton Drei
Antoine Fölmli-Brender (*1946), Vorsitzender der Geschäftsführung von Dosenbach-Ochsner, Erstgebore-

ner von →Anton dem Zweiten und →Frieda der Ersten, ältester Bruder von → Frieda der Zweiten

Beat
Beat Mohler (1958-2005), Arzt und Fotograf, Ehemann von →Luzia

Brigitte
Brigitte Fölmli-Brender, Ehefrau von →Anton dem Dritten

Bühlmann
Josef Bühlmann, Schuhmacher in Kottwil, Lehrmeister von →Anton dem Ersten

Crispin und Crispinian
Brüder, Schuhmacher, wurden als Christen verfolgt und von der Kirche als Märtyrer heiliggesprochen, Patrone der Schuhmacher

Cristian Zuzunaga
Katalanischer Künstler und Designer, gestaltet u.a. Schuhe für Camper im Rahmen des TWINS Artists Project

Die Fölmlis
Menznauer Schuhmacherfamilie, bestehend aus Anton dem Ersten und Rosa, ihrem einzigen Sohn Anton dem Zweiten, der die Schuhmachertochter Frieda Renggli ehelichte, ihren sechs Kindern: Anton der Dritte genannt Antoine, Urs, Pius, Frieda die Schuhmacherin, Luzia, Edgar sowie deren Nachkommen

«Die Fölmlis»
Buch. Literarische Nacherzählung der hundertjährigen Erfolgsgeschichte der Schuhmacherfamilie Fölmli in Menznau, aufgeschrieben von Judith Arlt, erschienen 2009 im Verlag CWN

Doris
Fussreflexzonentherapeutin in Thayngen, ausgebildete Schuhmacherin – machte zeitgleich mit →Frieda der Zweiten die Schuhmacherinnenlehre. Die beiden waren unter den jungen Männern ihres Lehrgangs die einzigen Frauen in der Gewerbeschule in Aarau.

Du
Protagonistin von «friedas gangarten» → Frieda die Zweite

Edgar
Edgar Fölmli (*1960), Lokomotivführer SBB, jüngster Bruder von → Frieda der Zweiten

Esther
Mitarbeiterin bei **gang**art 2016-2020

Frieda
→Frieda die Erste, → Frieda die Zweite, → Kleinfrieda

Frieda die Erste
Frieda Fölmli-Renggli (1922-2019), Schuhfachverkäuferin, Hausfrau, Ehefrau von Anton dem Zweiten, Mutter von → Antoine, → Urs, → Pius, → Frieda, → Luzia, → Edgar

Frieda die Zweite
Frieda Fölmli (*1956), Schuhmacherin, Nachfolgerin von → Anton dem Ersten und → Anton dem Zweiten

Friedamutter
→ Frieda die Erste

Gottebueb
→ Micha

Gottebueb, neuseeländischer
Joel

Grossvater Fölmli
→ Anton der Erste

Grossvater Renggli
Josef Renggli (1883-1949), Schuhmacher, Vater von → Frieda der Ersten

Hans
Ein Berner in Luzern, langjähriger Bekannter, Freund, Kunde

Hebi
Herbert Fries, Kino-Werbefilmhersteller

Helmi
Meldorfer Freundin

Holzmann
Roland Holzmann, Betriebsdisponent bei der BLS, der letzte Bahnbeamte am Bahnhof Menznau

Ich
Erzählerin von «friedas gangarten»

Johann
Johann Fölmli-Jost (1838-1892), Bauer im → Guon, Vater von →Anton dem Ersten

Judith
Judith Arlt, Schriftstellerin

Jürg
Musiker, Saxophonist

Kleinfrieda
Tochter einer Kundin

Lea
Lea Mohler, Tochter von → Luzia und → Beat

Leo
Leo Fölmli (1884-1913), Bäcker, Bruder von → Anton dem Ersten

Lindenmann Lebensgrosse Holzfigur aus Lindenholz, → Anton dem Dritten nachgebildet

Luzia
Luzia Fölmli (*1959), Mütter- und Väterberaterin, jüngere Schwester von → Frieda der Zweiten, Witwe von →Beat, Mutter von → Lea und → Micha

Márcia
Brasilianische Freundin, Illustratorin, Künstlerin, gestaltete das 1. Logo «schuhmacherei frieda fölmli»

Margaritha
Margaritha Fölmli-Korner, Kunstmalerin, gestaltete das Cover der «Fölmlis», Ehefrau von → Urs

Maria
Maria Fölmli-Jost (1847-1912), Wäscherin, Mutter von →Anton dem Ersten

Martha
Martha Fölmli-Löhrer, Ehefrau von → Pius

Micha
Micha Mohler, Sohn von → Luzia und → Beat, Gottebueb von →Frieda der Zweiten

Monika
Cellistin

Mutterfrieda
→ Frieda die Erste

Nebikoner Kollege
→ Reto

Paul
Paul Lovens, Schlagzeuger

Peter
Hauptorganist an der Pfarrkirche St. Peter und Paul in Willisau

Pius / Pi
Pius Fölmli (*1953), Produktions Manager bei Schindler, älterer Bruder von → Frieda der Zweiten

Reto
Schuhmacher in Nebikon

Rita
Gewandmeisterin in Willisau, stellte 2004 ihre «Lückenbüsser»-Kreationen bei **gang**art aus

Rosa
Rosa Fölmli-Mehr (1880-1961), Schneiderin, Ehefrau von → Anton dem Ersten, Mutter von → Anton dem Zweiten

Ruth
Ruth Fölmli-Eiholzer, Ehefrau von → Edgar

Schueuhuusseppissohn
Schuhmachersohn aus Luthern, Leiter der Stadtbibliothek Luzern, Besitzer der Déesse

Schuhfrau
→ Frieda die Zweite

Sven
Sven Epinay, Fernseh- und Radiomoderator, Teilnehmer an der Tanzshow «Darf ich bitten» 2019

Thomas
Thomas Mann (1875-1955), Schriftsteller, erhielt 1929 den Nobelpreis für Literatur für den Roman «Buddenbrooks. Verfall einer Familie»

Toni
→ Anton der Zweite

Urgrossmutter
→ Maria

Urgrossvater
→ Johann

Urs
Urs Fölmli (1948), Biologe, Produktverantwortlicher im Globalen Strategischen Marketing bei Roche, zweitältester Bruder von → Frieda der Zweiten

Ursula (Eins)
Koordinatorin der Aussenstelle Tschlin

Ursula (Zwo) Farbgestalterin aus Horw, richtet die letzte Ausstellung bei **gang**art im Frühjahr 2019 aus: «Farbräume in Architektur und Fotografie»

Ushma
Musikerin, Violinistin

Wortfrau
→ Judith

Wohnhäuser der Fölmlis

Guon

Heimwesen bei Willisau, bewirtschaftet von Johann Fölmli-Jost und seiner Frau Maria, am 27.11.1888 konkursamtlich versteigert.
Im Guon kommt zur Welt → Anton der Erste.

Messerhüsli

Nach der Versteigerung vom Guon ziehen Johann und Maria 1888 mit ihren sechs Kindern nach Menznau ins Messerhüsli. Anton ist der Jüngste und beim Umzug zwei Jahre alt. Vier Jahre später, 1892, stirbt im Messerhüsli sein Vater Johann.

Pfisterhaus

Bäckerhaus in Menznau. → Anton der Erste mietet 1909 zwei Räume im zweiten Stock und richtet im einen seine Werkstatt ein. Nach der Hochzeit mit Rosa Mehr im Jahr 1915 mietet Anton das ganze zweite Stockwerk. 1919 beginnt er hier den Schuhhandel mit 140 Paar Fabrikschuhen.
Im Pfisterhaus kommt zur Welt → Anton der Zweite.

Meierisli
Erstes Privat- und Geschäftshaus der Fölmlis in Menznau, 1936 erbaut, Firmenschild an der Fassade: «A. Fölmli - Schuhwaren».
Im Meierisli kommen zur Welt → Anton der Dritte und → Urs.

Sankt Crispin
Zweites Privat- und Geschäftshaus der Fölmlis in Menznau, 1951 erbaut. Steht an der Hauptstraße und hat ein großes Schaufenster.
Im Sankt Crispin kommen zur Welt → Pius, → Frieda,→ Luzia und → Edgar. Im Sankt Crispin sterben → Rosa, → Anton der Erste und → Anton der Zweite.
Firmenschild an der Fassade:

1951–1988 «Schuhhaus Fölmli»

1989-1999 «schuhmacherei frieda fölmli»

1999-2020 «**gang**art frieda fölmli»

Weiermatte
Betagten- und Pflegeheim in Menznau. Hier wohnt → Frieda die Erste ab Herbst 2017 und stirbt im Sommer 2019.

Judith Arlt

Foto: Achter Verlag

Geboren und aufgewachsen in Liestal (BL), Schriftstellerin, Übersetzerin und promovierte Literaturwissenschaftlerin, denkt und schreibt in Deutsch und Polnisch, lebt und arbeitet am Wattenmeer im Norden Deutschlands.
Hat mehrere Jahre in Warschau und Krakau, aber auch in England, Japan und China verbracht.
Erhielt eine Reihe von Werkbeiträgen und Aufenthaltsstipendien in Polen, Österreich, der Schweiz sowie auf einer Hallig im nordfriesischen Wattenmeer.
Stellte 2009 im Buch «Die Fölmlis» einhundert Jahre und drei Generationen von Schuhmachern in Menznau vor. Knüpft mit «friedas gangarten» elf Jahre später nahtlos an «Die Fölmlis» an und beschreibt das Ende des traditionellen Schuhmacherhandwerks in Menznau.
Letzte Veröffentlichungen: «Entlassen nach: Tod» (2008), «Moja zima w Tsukubie» (2012), «Die Welt war schneller als die Worte» (2014), «Hooger Nüsse» (2019).